霓虹星的軌跡 下

Twentine 著
Xuan Qing 繪

高寶書版集團

目錄
CONTENTS

第二十一章　約定

短短幾日，給時訣的感覺，卻像過了好久好久。

他應該發生了變化。

因為一回ＳＤ，崔浩跟他一打照面，就停那了。

崔浩看他半天，冒出一句：「你是不是胖了？」

時訣笑了，去更衣室換衣服。

那天晚上他上完課，跟崔浩出去吃飯。吃完東西，他們在外散步，再次走到那座距離ＳＤ不遠的天橋上。

兄弟倆在那抽菸。

崔浩還是看他有點怪，說：「你心情不錯啊。」

時訣望著遠方，片刻後，淡淡道：「哥。」

「嗯？」

「我最近超順。」

「……」

崔浩舉手告饒：「不是……別，你真別，你上次說完這話沒感覺嗎？我他媽都有點應激了。」

時訣側過身，半倚在欄杆上看他。

崔浩瞧他這副瀟灑模樣，問：「你采風采得這麼順利？」

「嗯？」時訣這才想起來，他給崔浩的出門理由是為了作曲出門採樣。

他把真實情況告訴了他。

「……什麼？」崔浩聽一半，瞪著眼珠子，「你甩我一堆事原來是為了出去泡妞！靠——」他伸出手，瘋狂指指點點，「哎，當初我談戀愛蹺班，你們一個個都什麼反應？現在輪到自己了是吧？」

時訣反問：「你蹺班我沒幫你頂嗎？」

崔浩哼了一聲，接著抽菸。

「行，談吧，」他擺擺手，「小徐是吧，挺好，小徐是個好人吶。」他後知後覺，慢慢品了一下，又說：「你們在醫院的時候我就看出來了，不對，是當初你帶她來店裡那次，我看起來就不對勁！」

「哪不對勁？」

「說不好，反正就是不對。」崔浩斬釘截鐵，「我就是看得出來！」

時訣翻了一眼，你什麼都懂。

他重新看向遠方，燈火輝煌的街道。

崔浩知道，時訣肯定覺得他在說大話，一個二十歲的男生，多少沾著點覺得世上沒人真正懂自己的孤芳自賞的氣息，時訣尤甚。

但崔浩雖然嘴上不一定說得明白，可心裡對時訣蠻瞭解的。

店裡有時訣這樣的人物，私下肯定好多人討論過，崔浩不只一次聽見會員開會，研究時訣喜歡什麼類型的女人。有膽大的還去問過他，時訣只說，他喜歡美女。

這太寬泛了吧，大家就自己研究，搞出諸如風情白富美、純欲女文青、陽光辣妹、知性富婆等各種人設。

崔浩沒參與過討論，別人問他這方面的事，他總說不知道，但他心裡其實一直朦朦朧朧有個感覺，只是不好形容。

直到那天，時訣帶著徐雲妮進到店裡，崔浩的感覺突然有了具體的模樣。

很多人都說，時訣骨子裡太冷，過於早熟。

崔浩從小看著時訣長大，知道他肯定不是個自私自利的人，雖然有時他確實矯情又固執，刁鑽又挑剔……但說得感性一點，他的隔閡和戒備，是因為他身邊總是圍繞著那些欲望深重的人。

時訣父母緣淺，他從小就要學會保護自己。

崔浩始終感覺，店裡那些人討論的人設太花俏了，時訣喜歡的其實沒那麼複雜，首先必須是個好人，一個不管在任何情況下，都不會以各種冠冕堂皇的理由傷害他的好人，在這個以發瘋為樂，以利己為榮的時代，光這一條已經篩掉一半多的人了。

那接下來，如果這個好人，她能比他更聰明，更成熟，能欣賞他，甚至還能懂他……

那他一定會非常非常喜歡。

這就是當時，崔浩跟徐雲妮見面的感覺。

「……行，」崔浩琢磨了一下，再次認可，「行，挺好的，你就跟小徐處吧。我看她家庭條件應該也不錯，你問過嗎？她爸媽是幹嘛的？」

「沒問過，」時訣完全不在意，「他們幹嘛的能怎樣？難道還能看不上我嗎？」

「呦，讓你美的。」

時訣笑了笑，迎著遠方吹來的晚風，把菸放入口中。

這次時訣回來，崔浩有一個感覺，他好像安定了。

這是他極少在時訣身上看到的狀態。

時訣一直像一艘漂泊在夜海裡的船，他有冒險的心，又有諸多顧忌，現在這艘船像是有了穩定的錨，也像有了指引的星。

崔浩說：「人家家庭條件好，要求肯定也高啊，你趕緊好好賺錢吧。」

「你說的有道理，」這一點時訣很贊同，他彈彈菸，悠然道：「我一定會賺很多很多錢的。」

「苟富貴勿相忘啊。」

「哈，放心，有你的份。」

「還有誰？」

「我媽唄。」

他說這些話，像半開玩笑似的，但又帶著莫名的肯定。在崔浩看來，時訣如果真下決心賺錢，根本沒有不成功的道理。

他詭異地冒出一句：「那把暖兒也加上吧。」

暖兒他媽是誰？

時訣狐疑地看過來，崔浩瞪眼道：「怎麼，就你有女朋友嗎？」

「……」

時訣一百萬個不願意，但見崔浩這模樣，最後只能勉為其難地說：「行吧，到時候看情況吧。」

朦朧月色下，一個二十多歲的男人，和一個三十多歲的男人，兩人玩著五歲小孩家家酒般的遊戲，看看把誰加入自己的陣營，然後一起刮分還沒到手的彩券。

但兩人依舊聊得開心，樂此不疲，他們走下天橋，崔浩問時訣，跟徐雲妮談戀愛什麼感覺？

時訣沒說。

他們回到ＳＤ，又把最近的事情捋了捋，然後時訣就回家了。

麵館已經關店，吳月祁正在家裡休息。

時訣給吳月祁的出門說法，是去進修專業課，吳月祁也沒有多問，他答應了她重讀重考，她就不再管他了。

時訣又有點餓了，吳月祁做了碗麵條給他，時訣問了她一點關於製作番茄牛肉麵的細節，又問了她他找的鐘點工怎麼樣。

吳月祁以前是不肯接受鐘點工的，但是被時訣沒參加升學考這事刺激了，後來時訣答應她重讀，她也妥協了很多事。

「其實用不著，」吳月祁說：「她幹活不怎麼俐落。」

「是嗎？」時訣吃著麵，說：「那我跟平臺投訴她，扣她薪水。」

「哎……不用，何必難為人呢。」

「那就接著用她了。」

吳月祁撇撇嘴，不再說什麼。

時訣吃完麵，去洗澡，然後回到臥室。

他躺在熟悉的床上，用手機傳訊息。

飛機落地，他與徐雲妮報了平安，然後他們就各自忙了。

他問她在幹嘛。

徐雲妮說，在整理買的東西。

時訣問她買了什麼。

徐雲妮說下午沒課，她去了家居市場，公寓裡少很多東西，她趁有時間買一點。

時訣說妳怎麼不等我一起買？

她說，你來我們再去。

時訣叼著菸，靠在床頭，望著窗外的月光。

崔浩問他，與徐雲妮戀愛是什麼感覺？

這個問題，在未來的日子裡，可以再演變一下，變成——被徐雲妮愛，是一種什麼感覺？

這種感覺要慢慢體會，大多數的時間裡，她都只是個普通的女友，他們因為異地戀而聚少離多，但感情很穩定，他們主要靠手機聯絡，有時候兩邊都忙，他們就像所有平凡的大學生戀人一樣，連著麥克風，各幹各的事。

但有時候，她又不那麼普通。

就像他在十一月底，再次前往她的城市，當他用鑰匙打開公寓的門，推開門的瞬間，就停在那了。

屋裡完全變了樣。

房間的布局變得跟他的臥室一模一樣。

因為公寓裡原本的家具特別少，更適合澈底改造。

不光是布局，甚至連家具的款式都跟他家裡的一樣。時訣走進屋，不太敢動，行李也不敢放下。太邪門了，時訣眉頭緊皺，在腦子裡瘋狂回憶，徐雲妮去過他家嗎？不可能啊。他在屋裡跟她視訊過嗎？也沒有啊，他們幾次視訊都是在ＳＤ的舞房裡，還有一次是在華都的空教室。

他想來想去，終於想到，很久之前，他們第一次約吃飯，在那家火鍋店門口排隊的時候，他的手機掉在她面前，她撿起時，看到過他的螢幕桌面。

他的桌面照片是流動的，不只有一張照片，只是那個瞬間，恰好滾動到那張臥室圖。

時訣雞皮疙瘩都起來了。

她把床也換了，跟他家裡同樣款式，床墊也是新的，明顯是高級貨，還有剛剛拆封的香味，牆邊有兩排他最常用的掛式衣架，床邊新放了一個書桌。

她把那個破得缺角的桌子丟掉了，酒吧的椅子也還回去了，換了一套新的餐桌桌椅。

身後有聲響，時訣嚇一跳，一回頭，看見徐雲妮進門，才想起他跟她約好了到達的時間。

十一月底，天氣很冷了，她穿著駝色的大衣，束著腰帶，她手裡拎著一個裝著熱飲的袋子，放到灶臺上。

她收鑰匙的聲音叮鈴鈴的，沾了點冬日的寒氣。

她看過來，淡笑著問：「喜歡嗎？」

超喜歡欸。

時訣從沒這麼深刻地體會，徐雲妮身上這種禁欲的性感，他有點受不了了，丟了行李就去抱她。

她也抱住他，耳鬢廝磨間，呼吸漸漸急促。

「……不先吃飯嗎？」她問。

他把她抱起來：「先吃妳也一樣。」

他將她放到他熟悉的床上，像拆禮物似的，幾下就把她的衣服脫了。

然後他直起身，開始脫自己的衣服。

空調還沒開，他們用彼此的體溫柔化了寒涼。

晚上，時訣想讓徐雲妮住下來，她說今晚她要查寢，要回去安排一下，週末再來陪他住。

她坐在床邊穿衣服，正扣著內衣扣，他伸腳過去，擋在她後背中間。

她連續幾下都沒扣上，轉頭看他。

他赤著身子躺床上抽菸，四目相對，賴著笑。

徐雲妮說：「我回去得越晚，事情安排得越慢。」

「喲，」時訣聞言坐起，一手把她拉到自己懷裡，低頭看她，「妳威脅我啊？那就慢吧，我看能有多慢。」他含著菸，大手放在她的腹部。

「哎，」徐雲妮薄薄的後背彎折了點，討饒道：「班長，別鬧了。」

「誰鬧了？」他摟著她過來，「妳叫我班長，不該聽我的嗎？」

「聽，都聽你的。」

可惜，就嘴上聽而已，徐雲妮最終還是卡著時間回去宿舍。

時訣一身精力沒地方用，大半夜又去了LAPENA，打算這次兩天內一口氣解決演出時間。

結果，他到店以後，從薇薇那得知，徐雲妮去找羅克談了，詳細怎麼談的沒細說，可能跟房屋家具更新有關，總之，他現在不再有強制的演出時間要求。

但他仍然可以選擇演出，時間由他自己決定。

「你女朋友挺會說啊，」薇薇說：「我小舅沒那麼容易妥協的。」

時訣沒說話。

薇薇又說：「上個月你就來那幾次，好多人打聽你，我小舅想跟你談固定的演出模式，後來你走了，你女朋友來了，反正談來談去，最後就是你自己定。你女朋友說，你應該有時候自己也想演，你多來店裡唄，不演就坐一下。」

這一晚，時訣沒有演出，他在店裡挑了幾瓶喜歡的酒，買回家中。

……是吧，他已經開始覺得，七〇九室那個破落的公寓是他的家了。

他躺在嶄新的床墊上，床單被褥都是新洗乾淨換好的，剛剛用了一次，混了一點他們的汗液，氣味更加令人沉溺。

他看著天花板，恍然一瞬，才發現原來燈也換了。

不再是慘兮兮的冷光，換成了護眼的三色光。

時訣兩隻手蓋在眼睛上。

——被徐雲妮愛，是一種什麼感覺？

這種感覺要慢慢體會。

如果非要壓縮時間，可以以當初他們最早約的那頓飯為例。

他從集中精神，到把控節奏，到意識渙散，最後到再也不用動腦子……

這是一個逐漸沉陷的過程。

對於很多人來說，大學的記憶比不上高中清晰。

對徐雲妮來說也一樣，關於真正「大學」的內容，她沒記住多少，基本就是背書，備考。

她能記住的，反而是那些旁門左道的事。

沒辦法，旁門左道更精彩啊。

時訣第二次來找她，沒有第一次那麼緊迫。他這次來了五天，前幾天，徐雲妮儘量聽他的安排，後來發現好像不太行。

時訣沒什麼計畫，他的安排就是出外吃飯，偶爾看電影逛街，然後喝酒，再然後就是上床。

他們配合得越來越好。

因為配合得好，他們在床上的時間也就越來越長。

他們像初嘗禁果的小孩，沉湎淫逸，徐雲妮的理智告訴自己，不該這樣過，但她的情感和生理需求又告訴她，時訣就來這麼幾天，必須抓緊。

一日清晨，她迷迷茫茫睜開眼，被晃了一下，他們睡前忘記拉窗簾了，此刻天邊清暉乍現。徐雲妮瞇著眼睛望著遠方，再看看身旁沉睡的男孩，時訣喜歡戴眼罩睡覺，模糊時間，睡到昏天黑地。

徐雲妮拿來手機，看看螢幕，忽然嚇一跳。

她以為他剛到，原來都第四天了。

他們只要在一起，除了出去吃兩頓晚飯，看一場電影，其餘時間都在床上。

徐雲妮莫名驚出一身汗。

這可以嗎？

這不是扯淡嗎？

時訣起床的時候，徐雲妮衣服都穿好了，他打著哈欠準備去上廁所，說：「……妳要上課？今天不是週日嗎？」

徐雲妮說：「是週日，但我們今天出門。」

他路過她身邊，過來抱她，蹭了兩下，又不對勁了，徐雲妮抓住他的手臂，再次重複：「班長，我們今天出門。」

他歪著頭，眼罩還貼在額頭上，額前的頭髮立了起來，像個迷迷糊糊的飛行員。

「出門幹嘛？」他剛睡醒的嗓音，帶著綿綿氣泡感。

單純說出門透氣，別總搞床上運動，好像有點掃興，徐雲妮臨時編了個理由，說：「我想買個小咖啡機。」

他「哦」了一聲，說：「那我去洗個澡……」

他們終於出門了。

他們在路口叫車，時訣叼著菸，伸了個大大的懶腰。

他喃喃說著：「都快被妳榨乾了……」

徐雲妮：「請別在外面說這個。」

時訣斜眼，看她在認真看手機備忘錄，好像準備開始搞她的行程了，又打了個哈欠。

他們先去了一家家居商場。

買咖啡機只是出門的藉口，主要是徐雲妮想走動走動。

兩人邊逛街邊看，結果徐雲妮的咖啡機還沒選，時訣先被一套家具吸引了注意。玻璃窗內，兩張復古油蠟真皮雪茄椅，棕色光澤深沉優雅，中間擺著一個小型的圓形實木邊几，上面現在放著花瓶和花朵。

時訣兩手插口袋站在那看了一下，然後進店詢問，直接買走，跟他們訂了下午送貨。這套沙發一買，澈底點燃了時訣購物的欲望。

他又去買了窗簾，橄欖綠的雙層垂地款，和一臺小冷藏櫃。

最後他拉她去買咖啡機，頗有興致地挑了一個功能不算很齊，但模樣足夠漂亮的。

他們這一天都在搞室內擺飾。

下午回到公寓，時訣聯絡了送貨工人，東西都送來，又在屋裡弄了好久。

也用不著安裝的人，時訣一個人全部搞定了。

他裝上了新窗簾，然後把兩個沙發放在窗邊，原本在展示廳裡放花的邊几上，被他放上了酒、玻璃杯和菸灰缸。

未來幾年，時訣就在這張沙發上，創作了許許多多的曲子。

徐雲妮看著小屋這一切，說：「班長，你要來勤一點，不然這好地方就便宜我一個人了。」

他笑了笑。

小公寓裡已經多了很多東西，但這依然不是它的完全狀態。

在幾年後，薇薇來收這間房子的時候，她踏入屋內，便被這愛巢的精緻震撼，這種「精緻」並非樣品屋那種刻意的精雕細琢，而是每一處，都能感覺到居住者的精心以待。

對於徐雲妮來說，關於大學的記憶，校外遠比校內更加深刻。

十二月底，時訣再次參加了藝術統考，徐雲妮也進入了期末考試週。

寒假很快到了。

徐雲妮放假回家跟時訣膩了幾天，然後開始輪著約人吃飯。

她先找了喬文濤和王麗瑩。

很巧，王麗瑩也學了法律，而喬文濤則選了機械工程系，他們小聚了半天，各自聊聊大學發生的事。

在那之後，徐雲妮又約了丁可萌。

丁可萌考上一間藝術院校，學設計，但她的主業一直沒變，隔三岔五在網路上發點私圖拍賣。

丁可萌穿著短款麵包羽絨服，戴著棉帽子，還是老樣子，一副人畜無害的模樣。

兩人先吃了飯，然後去咖啡館聊天。

徐雲妮把她跟時訣的事告訴了丁可萌，丁可萌一聽，差點沒嗆到。

「哎喲，妳還是淪陷了！」丁可萌痛心疾首，「妳怎麼就不聽我的勸呢！」

徐雲妮說：「沒那麼誇張吧。」

「嘖，」丁可萌指著她，「我跟妳說，時訣，我還是堅持當初的判斷，他百分百會入行。」

「入唄，藝文工作者就不能談戀愛了？」

「怎麼不能？太能了，圈子遍地隱形嫂子，碰上時間管理好的，一哥N嫂的都有，看妳自己處理了。」

徐雲妮放下咖啡，身體稍微靠前一點，笑著說：「哎，丁老師，別潑冷水啊，我們就隨便聊聊。我看妳的動態，妳還發過阿京的照片是嗎？」

「發過啊，怎麼，妳追他啊？」

「不，我就問問，他很紅嗎？」

丁可萌說還算不上，就是他之前參加個節目，公司砸了錢，要了好劇本，他自己也很拚命，就有了一點人氣。

「但不長久，」丁可萌擺擺手，「這人完全沒有紅相，應該就這一兩年吧。」說完，她又點點徐雲妮，「妳男朋友，那才叫有紅相。」

約完丁可萌，徐雲妮又約了王泰林。

這次時訣也跟來了。

徐雲妮跟王泰林一直有聯絡，她在他直播間總榜上掛著呢，雖然現在她已經不是榜一了。

王泰林沒上大學，他簽了公司當藝人……其實更準確的說，是做網紅，不過發展好像還可以，帳號粉絲數已經突破百萬了。

徐雲妮偶爾閒暇會去他直播間看一下，他們的四人群組也一直很活躍。

劉莉順利上了師範學院，終於跟王泰林交往了，蔣銳考了個普通大學，他也談戀愛了，還是借王泰林的光——蔣銳是王泰林直播間的管理員，跟另一個女管理交往了。

他們都知道徐雲妮跟時訣的事，之前他們在群組裡聊天，突然聊到了時訣，王泰林說不知道他現在在幹嘛。

徐雲妮就把他們的事說了。

當時，群組裡三個人，加起來能傳四十個「我靠」。

王泰林最後總結：「真他媽不能小瞧妳啊！老徐！」

這次聚會，王泰林直接約了一個KTV大包廂，三對情侶一起參加。

王泰林一見徐雲妮就說：「怎麼有點變了呢？」

徐雲妮：「變什麼了？」

王泰林琢磨一下，有點說不好，模樣沒變化，卻明顯感覺像長大了似的。

徐雲妮：「王哥還是風采依舊。」

王泰林：「哈哈！」

他跟徐雲妮和時訣介紹了蔣銳女朋友，一個戴著眼鏡斯文靦腆的女生，叫馮馮。她跟徐雲妮打了招呼，不太敢直視，跟時訣打招呼，更是連頭都不敢抬。

「哎，她線下有點社恐，」劉莉說：「線上嗆人手速可快了！」

老同學見面，王泰林二話不說，先霸麥高歌了半小時，然後才開始喝酒聊天。

他拿著手機跟時訣和徐雲妮吹牛，說你看看我這帳號，現在一百五十萬粉絲，厲不厲害？

徐雲妮配合道：「厲害。」

王泰林瞪眼：「厲害個屁！」

徐雲妮：「……」

然後王泰林開始大吐苦水，說狗公司不當人，天天ＰＵＡ他們，狗屁資源沒有，就讓他們在前面賣命。

旁邊劉莉他們也說，這公司很會開空頭支票，什麼都落實不了，吊著根蘿蔔就讓他們當免費勞力。

「最後就是練嘴皮子去帶貨！」王泰林憤憤道。

老天不長眼吶！

生不逢時呀！

他們喝著酒，聊了很多很多。

與稚嫩的高中相比，他們現在能聊的東西多太多了。

「現在那些公司管理層眼睛都是瞎的！」王泰林邊喝酒邊罵，「捧得是什麼廢物！」他說著，想起什麼，戳戳時訣，「……哎，就你們舞社之前參與的那個節目，那個那個，那個什麼……《舞動青春》。你跟到最後了吧，我靠！那冠軍團隊，什麼爛東西啊？那個叫阿京的，除了裝哭賣人設還會幹什麼？」他指著自己，「我是唱不如他，還是跳不如他，還是長相不如他？怎麼就他媽沒人捧我呢！」

徐雲妮從桌上拿來菸，抽出一根，放到王泰林嘴裡，然後親手幫他點著。

「王哥，抽抽菸，冷靜一下。」

時訣沒有說什麼。

他們玩到很晚才走，大家都喝了酒，散夥的時候，時訣去了洗手間，徐雲妮在KTV門口等他。

蔣銳過來跟她說話。

「妳學校離這邊挺遠的吧。」他說。

徐雲妮「嗯」了一聲，王泰林他們全都留在本地，就她一人遠走高飛。

蔣銳又說：「那邊習慣嗎？氣候好像有點乾，我沒去過。」

徐雲妮說：「還行，也不算很乾。」

蔣銳點點頭，又不知道說什麼了。

徐雲妮看著他，說：「你沒怎麼變啊。」

蔣銳：「妳也是。」

徐雲妮：「你女朋友還挺可愛的，跟你同個類型。」

「啊……」蔣銳不好意思地笑笑，「是挺可愛……」

徐雲妮：「你們三個現在一起為王泰林工作啊。」

蔣銳：「對，王哥發薪水給我們。」

徐雲妮說：「挺好的。」

過一下馮馮來了，他們就走了。

身後傳來悠悠清音。

「不愧是吃過巧克力的人啊。」

徐雲妮回頭，看見一棵大樹後，有人小轉半圈，顯出真身，抱著手臂斜倚在樹幹上。

他用風涼的嗓音鸚鵡學舌：「『你沒怎麼變啊』。」

徐雲妮說：「難道你沒吃巧克力嗎？」

時訣晃過來，攬住她。

他們沒有馬上搭車，而是順著夜間的小路散步。

大冬天的，氣溫很低，徐雲妮穿著一身米色的薄羽絨服。時訣則是黑色貼身毛衣，配著件深灰色的翻領羊羔絨外套，他頭頂扣著一頂棒球帽，耳朵上的素環亮晶晶的。

他摟著她走了一下，冰冷的空氣緩和了醉意。

徐雲妮走著走著，抬頭看。

「你看天上……」她說。

時訣抬頭，看見月亮和雲層。

這輕紗般的雲下月，讓徐雲妮想起一些往事。

「跟那天很像。」她說。

「哪天？」時訣說：「我在古城牆下親妳那天？」

「不是，是你在小樹林裡見王泰林那天。」

時訣愣了一下：「……什麼？」

徐雲妮說：「那天我跟去了。」

她把之前自己跟蹤他和丁可萌的事告訴了他。時訣回憶片刻，終於對上了。

「原來妳跟去了？妳偷聽我們說話？」

徐雲妮：「主要是你們神神祕祕的，我想知道你們在幹什麼。」

時訣笑著說：「哦，那妳看到我不計前嫌為妳解圍，是不是當場就愛上我了？」

徐雲妮斜眼看他。

他也斜眼睨來，篤定道：「肯定是。」

「不對，應該比那再早點。」

「喲，我就知道妳對我一見鍾情。」

「還更早，你太低估自己的魅力了，班長，至少是上上上輩子我就對你墜入愛河了。」

「妳什麼語氣？」他掐著她的小臉，「嗯？諷刺我是不是？」

「唔……」

時訣半身的重量都壓下來，徐雲妮咬著牙用力撐著他。

筆直的道路，在他們嘻嘻哈哈的玩鬧間，走出了歪歪扭扭的軌跡。

徐雲妮一開始擔心，時訣看到阿京的近況會不高興。

跟王泰林聚會完，她仔細觀察了幾天，時訣一切如常。

其實，時訣遠比徐雲妮更早知道阿京的情況，甚至在節目播出前就知道了。因為樂陽那幾個男生的節目都是他負責的，群舞裡面，公司給了阿京最好位置，只要他稍花點心思，不可能沒動靜的。

雖然這動靜確實比他預想的要大一點。

時訣當然也有彆扭的地方，但他最難受的時候——就是受傷住院那段時間，已經過去了。

現在，還好。

這個假期，時訣和徐雲妮在一起做了許多事，他們吃喝玩樂，順便讀書。

他們把戀情告訴了幾個朋友，但還沒告訴父母，也許是想再享受一段澈底自由的時光。

徐雲妮倒是把這事告訴回國過寒假的趙明櫟了。

趙明櫟很驚訝，他驚訝的點在於：「你們居然才在一起嗎？我以為你們高中就在一起了呢。」

他興致勃勃地讓徐雲妮喊時訣出來吃飯，然後把崔瑤也約上。

時訣是出來了，但崔瑤沒來。

《舞動青春》播出後，男生紅了阿京，女生裡崔瑤也算小紅了一把。跟阿京那種砸錢拿劇本的不同，崔瑤沒有走到最後一輪，但因為底子好，長相氣質天然純淨，自然吸引了一波粉絲。

樂陽傳媒近水樓臺，向崔瑤遞出了橄欖枝，崔瑤蠻感興趣的，但崔浩不同意，說她今年才十五歲，至少也要念完高中再說。崔浩怕她心思飛了，自從節目結束，盯得超級緊。

三個人吃燒烤聊天，趙明櫟說：「那阿京還能紅啊？」

時訣：「能啊。」

趙明櫟：「那他這次能買支真錶了吧，哈哈。」

時訣笑笑：「應該可以了。」

過年的時候，時訣趁吳月祁不在，帶徐雲妮去了他家裡。

他帶她玩了他的樂器，跟她介紹了音樂製作設備，教她做歌和編舞的流程，然後，他們在他那張「正版」的床上，睡了個午覺。

徐雲妮先醒過來，被陽光和他的氣息包裹著。

不知不覺，假期快要結束了。

有人說，人在幸福之中，時光會過得很快，轉眼就是一生。

徐雲妮每次看著時訣的睡顏，都會生出這種「既定」的感覺，他們演繹的童話故事，可能到這裡就差不多了，徐雲妮堅信著，接下來只要踏踏實實往下走就可以了，老天一定會給認真生活的人該有的回報。

這種感覺，時訣也產生過。

最強烈的一次，是在他第二次參加升學考前一週。

某一天，他收到一則簡訊，是林妍的經紀人小紀傳給他的，說想約他聊聊。

小紀找了他好幾次了，都是訂製歌曲的事，磨磨蹭蹭沒完沒了。

時訣當時正在臨陣磨槍背重點，幾頁講義，是徐雲妮幫他總結的，她說他拿分的地方就那麼多，要針對性複習。

收到小紀的訊息，時訣本來不想去，但正好徐雲妮又傳兩張新的複習講義給他，他出去列印，順便就去見了他。

小紀把地點約在一家偏僻的茶樓，時訣按他給的包廂號碼找過去，一推門，停了一下。

除了小紀和林妍，還有一男一女兩人，正有說有笑聊著天，時訣認出其中那個男的，是個搖滾歌手，叫劉灕。時訣有一首給林妍的歌，被她轉給了他。

「喲，時老師來了，」林妍笑著招手，「快坐。」

屋內氣氛很輕鬆，小紀將桌面的杯子推了推，說：「外面熱壞了吧，我們提前幫你點了杯涼茶。」

時訣進去，關上門。

這應該是時訣生命裡很重要的一天。

他在茶館裡待了很久，出來後，在路邊點了根菸。

路過的人都看不出來，這面容平靜的年輕人，心跳得有多快，他拿菸的手都在輕輕顫抖。

時訣感覺自己這樣有點丟人，但又實在控制不住。他頂著大太陽站了半天，然後拿出手機，把消息告訴了徐雲妮。

徐雲妮很快回覆，傳來一大長篇的問號。

他就在路邊笑了起來。

這年，時訣二十一歲，他穿著一件六十塊錢的T恤，手裡握著女朋友幫他總結的複習講義，定下了他人生第一個七位數的商單。

在往後的人生裡，時訣賺了很多很多個七位數，但他再也沒有過這次這樣興奮的感覺。

他抽著菸，走在去往車站的路上，也產生了徐雲妮曾有過的強烈的信念，覺得他的生活一定會一直這樣「既定」下去。

茶樓裡，那四個人還在討論他。

劉瀟問林妍：「他條件這麼好，怎麼不簽了？」

林妍：「你想簽人家不答應啊，說要念書。」

劉瀟就說：「他早晚會簽的。」

林妍：「你怎麼知道？」

劉瀟：「妳給我的那首歌，裡面不是寫著嗎？」

林妍想想，笑著「哦」了一聲。

時訣給林妍的那首歌叫〈蝴蝶〉，歌曲是以蝴蝶的第一視角進行描述的，少了平常此類歌曲的夢幻與美麗，更專注於蝴蝶本身「蟲」的概念。

裡面有一句歌詞是這樣的——

我曾是個壞種，

後又變成了益蟲，

這一切的前提是，

破繭成功。

對於時訣來說，這個二十一歲的上半年非常圓滿，他最後壓著錄取分數線，考上了家附近那所音樂學院，專攻編曲，他選擇不住校。

吳月祁也滿意了，好像完成了一件里程碑似的重要任務。

而對於徐雲妮來說，整個大一下學期平平無奇。

除了刻入腦髓背了無數遍的課程內容以外，她印象比較深的，就是學生餐廳小程式的事。

她遇到了點麻煩。

顧茗清之前因為被曝光了請客畫面而顏面盡失，大家都以為她會退出學生會，但顧組長自有堅持，下場例會就當眾做了五千字檢討，要從最基層的工作幹起。

主席團認為她反省得還算認真，值得給個機會，然後老師也是聽風就是雨，覺得徐雲妮跟顧茗清關係好，就把顧茗清加到她做餐廳小程式的工作組裡了。

一開始顧茗清還有點正面作用，因為她的性格，俗話來講，比較會來事，人長得又漂亮，三言兩語把那兩個技術人員哄得服服帖帖，每天加班加點，半夜十二點還在群組裡討論功能。

但慢慢的，就出現了問題。其實問題不是出現在顧茗清身上，顧茗清非常認真地搞著這個提案，指望著做出成績東山再起呢。

是張肇麟。

這男的真的是少見的小心眼，就是不肯放過顧茗清，現在連帶著徐雲妮也跟著倒楣，一副不把她們逼出學生會誓不甘休的模樣。

他也不親自出面，就讓新升了組長的王祿天天用些雞毛蒜皮的小事折騰她們，不是去搞衛生，就是去幫人拿快遞，非常耽誤工作進度。而且因為有意找碴，請假都請不掉，有時甚至還會影響到徐雲妮和時訣的相處。

時訣升學考結束就來找她了。

在第三次與時訣親熱時被王祿傳的訊息打斷後，徐雲妮翻身從床上坐起來。

她沉著臉看著手機，一手捋過頭髮。

時訣問：「誰？」

徐雲妮說：「學生會的人。」

時訣：「什麼事啊？」

徐雲妮轉頭親了他一口，說：「沒事，他們最近有點犯病，我來想辦法。」

徐雲妮去找顧茗清了。

她帶顧茗清去了 LAPENA。

顧茗清以為她是單純找她喝酒溝通感情，在那大發牢騷，這該死的張肇麟，居然敢說她不識抬舉！還私下找人錄音，真他媽小人！以為這樣她就能退會？別做夢了！等姑奶奶找到翻身機會給你好看！

徐雲妮點了一杯桑葚汁，聽她磨牙。

顧茗清說著說著，忽然認出臺上演出的黎傑。

然後她們自然而然地聊了點跟黎傑有關的事。

徐雲妮也沒說太清楚，每句話就點那麼一點，簡單介紹了黎傑對整個樂隊的贊助，和對音樂社團的捐贈。

她說：「主要是他媽媽很支援，所以學校對音樂社團很重視。」

顧茗清一臉茫然：「他媽？他媽跟學校有關係嗎？」

徐雲妮：「應該有吧。」

顧茗清若有所思，微蹙眉頭。

她拿出手機跟人聯絡了一下，似是在打聽什麼，然後再抬頭，看見徐雲妮側過臉，靜靜看著舞臺的方向。

顧茗清也轉過去，不知何時，黎傑他們演出結束了，換了一個人上來彈吉他。

跟黎傑那種聽不懂的詭異音樂不同，這人的吉他非常動人。

他長得更動人。

他穿著一件亞麻的白色襯衫，軟綿綿的質感，袖口挽至小臂。他彈琴的樣子非常優美，跟顧茗清印象裡那些恣意瀟灑的吉他表演很不同。

顧茗清當然分不清古典吉他和民謠吉他的演奏差別，她只覺得臺上的人抱琴的姿勢很莊重，像是在與琴跳一曲內斂的華爾滋。

那人穿著黑褲子，在演出燈光的照射下，長腿下方的鞋子反射出皮澤精緻潔淨的亮光。他戴著耳環，長了一張俊美的臉。

剛才只顧著喝酒的顧客們，現在終於有了「觀眾」的身分，還有人拿手機出來拍，好像專門為他而來。

顧茗清的精氣神突然回來了，頗有興致地坐直身體，還撩了一下頭髮。這時，她忽然感覺到什麼，一偏過眼，就對上了徐雲妮的視線。

在未來很長一段時間裡，顧茗清對徐雲妮最深的印象，就是這個畫面——她靜靜坐在那，疊著腿，一手在桌面上，一手在腿上，舞臺上幽藍的燈光從她眼中抹過，她帶著淡淡的笑意，半開玩笑地對她道：「這個不行哦，組長。」

於是，顧茗清就知道了，原來徐雲妮有男朋友。

在徐雲妮的「點撥」下，顧茗清終於查明黎傑的底細了，她立刻活絡起來。

徐雲妮找時訣問了一堆關於前衛搖滾的知識，還有一些「特別細節」，比如玩前搖的人通常喜歡什麼樂隊，愛喝什麼酒，愛聽什麼話，事無鉅細。

「……哈？」

當時，時訣和徐雲妮剛一起洗完澡，穿著同款浴衣出來，時訣問她：「妳問這些幹什麼？」

徐雲妮擦著頭髮，說：「黎傑你知道吧，我要幫顧茗清追他。」

「鬼知道他們喜歡什麼。」時訣說：「妳要當紅娘啊，妳好閒。」

「這也是為了我們，我們學生會人才濟濟，麻煩事超多，需要黎傑這座小金人幫忙。」

「小金人？」時訣掏了根菸出來，「他很有錢嗎？」

「有錢。」徐雲妮擦完頭髮，把毛巾掛起來，然後製作了一杯拿鐵，她一邊打奶泡一邊說：「但光有錢沒用，主要是要在那個位子上。」

「哦。」

時訣點完菸，打火機隨手丟在桌面。

人的理念，人的目標，以及未來的決定，很多都是在生活的一點一滴中，慢慢建構起來的。

時訣走過來，盯著徐雲妮做咖啡拉花。

徐雲妮畫了一個吉他給他看，時訣咬著菸笑了。

當時的徐雲妮和時訣，都非常篤定，他們已經走到了童話故事的結局。

那個時候他們覺得自己是無敵的，是看破一切的，是不可能變心的，接下來的內容就是「王子和公主幸福地生活在一起」。

然而，這個世界終究不是童話世界，生活的變奏也遠不是故事書可比。

不管表現得再怎麼成熟，他們也只有二十歲左右，兩個初出茅廬，野心勃勃的年輕人，怎麼可能這麼輕鬆就洞悉了世事呢。

事後，徐雲妮曾無數次回想整個大學過程，想到最後都魔怔了。

到底從哪一步開始出現問題的呢？

徐雲妮並不是一個喜歡推脫的人，她思來想去，覺得雖然最後他們都有點迷，但整體來講，應該還是她的責任多一些。

如果她的心態能平和一點，不那麼好鬥就好了。

但是，即使後來真的出了問題，甚至將這問題帶來的負面情緒放大十倍，徐雲妮每每回憶大學時光，依然是幸福更多。

與時訣相愛，真的太爽了。

徐雲妮原以為時訣上了大學，來找她的時間會減少，結果正相反，他重讀的時候一個月只來四五天，上了大學經常一來就是一週多，有時中間回去看看吳月祁和舞社的情況，然後馬上又回來了。

徐雲妮很明顯感覺到，他在經濟上的壓力沒有那麼大了，來去自由多了。

徐雲妮擔心他出勤率不夠，到時候畢不了業，他完全無所謂，笑著說，妳信不信，就算畢不了業，這學校也會把我列成優秀校友，沒過幾年就會請我回去演講的。

徐雲妮「哇哦」了一聲。

如果要問，時訣是個什麼樣的人。

徐雲妮還是堅持最初的印象，他是一個神奇的物種。

他有時很神祕，比如創作的時候，經常像被奪舍了一樣，叼著根菸，要麼窩在沙發裡，要麼躺在床上，兩眼發直一待就是大半天。

她完全不知道他在想什麼。

他有時候又像小孩。

大二的時候，聶恩貝的動漫社團想請時訣在漫展上出個Cos，他欣然應允。他專門從學校請了假過來，還按照角色設定把頭髮染成了金色。這角色有多個造型，可以穿鎧甲，也可以穿西裝，還可以赤著上身。他果斷選了赤裸造型，自己化妝，在身上畫上紅色圖紋。

徐雲妮陪他去漫展會場的時候，在地鐵裡就開始被人圍觀了。

等去了漫展，他更是被圍得水泄不通，他超級投入，站在場地中間，用爽朗的嗓音誦讀那些極度羞恥的臺詞，引得眾人瘋狂尖叫。

他彷彿生來就是為了調動他人情緒而存在，專門點燃平靜的生活，攪亂那死氣沉沉的一江春水。

有時，徐雲妮也會覺得時訣很陌生。

比如當她偶然一次，聽見陶雨用電腦播放一首歌，她覺得很好聽，就在路過她電腦時瞄了一眼，然後看到了這首叫〈蝴蝶〉的歌曲，在詞曲和編曲欄裡，都有「YAXIAN」的名字。

徐雲妮再看那歌詞，腦子裡突然浮現好久之前的某個下午，她跟他聊天的場景。

她頓時一個激靈。

徐雲妮不太好形容這種感覺，非常怪妙。

一個生活裡普普通通的小片段，隨口的閒聊，居然被他做成了這樣的東西。

他被奪舍的時候，都在想這些事？

他是這樣觀察生活的？

當時時訣正好在這邊，徐雲妮蹺了一節課，跑回公寓找他。

時訣靠在床頭，正抱著吉他練琴，見她回來，有點驚訝。

「今天怎麼這麼早？」

徐雲妮走過去，把他的琴拿開，兩手捧住他的頭。

時訣眨眨眼，不明白她什麼意思。

徐雲妮喃喃道：「你這小腦袋瓜裡每天都裝著什麼呢？」

時訣：「啊？」

徐雲妮定定看著他：「時訣，你好像是天才……」

時訣：「……」

隔了一下，徐雲妮更加鄭重地說了一遍，「時訣，你就是天才。」

時訣完全不懂她為什麼突然這樣，但他喜歡聽她的讚美，更喜歡她那天的情難自禁，他能感覺到她很崇拜他，這讓他非常滿足。

俗話說，飽暖思淫欲，那淫欲如果也飽了，又該思些什麼呢？

根據馬斯洛的理論，人的需求從生理、安全、社交、尊重，到自我實現，分成五個層次，他們應該處於從四到五的階段，而且大刀闊斧挺進中。

人逢喜事精神爽嘛，幹什麼都有勁。

徐雲妮就是這種感覺，自打與時訣定情起，一切都是那麼完美。

一個人越是春風得意，就越難忍受挫折，一點點的不順，都是對完美生活犯下的大不敬之罪，是不能接受的。

徐雲妮跟張肇麟的衝突，始於大一下學期。

最開始，徐雲妮只是不滿自己的工作進度被影響，也生氣她跟時訣的約會被無故打擾，她想讓張肇麟和王祿收斂一點。

但她又不想讓顧茗清離開小程式小組。

因為實話說，顧茗清真的非常好用，這位前組長腦子直，似乎打從心底覺得徐雲妮跟她是一起的，而且在她那麼丟人現眼之後，徐雲妮還把她拉到自己的小組，她做起事來非常盡心。顧茗清很擅長調查歸納的工作，對小程式的功能補充非常有用，減輕了徐雲妮的壓力。她不想顧茗清走，也不想因此而受累，所以她很自然就想到了黎傑這條線。

後來，顧茗清果然跟黎傑交往了。

顧茗清沒說太多學生會的事，只是讓黎傑跟他母親反映一下，與老師說一聲，讓她少點雜事。

這件事就解決了。

徐雲妮以為顧茗清跟黎傑交往不了多久，因為顧茗清每天都在抱怨，說黎傑毫無情商。

黎傑被人伺候慣了，他與顧茗清出去約會，永遠都是顧茗清拎包，他們聊天，他也只說自己喜歡的事，沒完沒了講著數理邏輯、宇宙知識，放她毫無興趣的前衛搖滾給她聽，而輪到顧茗清跟他聊自己的愛好，他就會覺得有點俗氣。

情不情商徐雲妮不知道，她與黎傑接觸過，感覺他是個很誠實的人，他說的就是心裡想的，不會包裝。

因為他從小到大，不需要跟任何人裝。

黎傑很喜歡顧茗清，同時也不覺得表達自己真實想法有什麼問題。

顧茗清抱怨歸抱怨，也沒有要跟黎傑分手，一股要跟他一路走到底的架勢。

徐雲妮問過顧茗清，喜不喜歡黎傑。

「當然喜歡。」顧茗清奇怪道：「不喜歡怎麼會跟他談戀愛呢？」

徐雲妮沒說話。

她覺得，隨著人慢慢長大，很多事情都不像以前那麼簡單了。

大一快結束的時候，黎傑的母親幫顧茗清聯絡了一家相當有名的律師事務所，說她大二就可以去實習，有人帶她。顧茗清權衡了一下，覺得這樣更符合她的需求，就退了學生會。

顧組長還挺念舊，問徐雲妮想不想一起去，去的話她幫忙說。

徐雲妮婉拒了。

那時他們的餐廳小程式已經推出來了，馮鑫源和他兩個朋友因為這個拿到了小程式開發者大賽的獎項。

徐雲妮也在開發者名單裡，她作為一個純外行，跟著他們領了一圈獎。

學校上級也支持這件事，幾個月的時間裡，徐雲妮跟學生餐廳負責人反反覆覆對接，終於確定了小程式的各項功能。這程式口碑極好，完成度非常高，比徐雲妮預想得還要成功，甚至上了當地的報導，有同學感慨，學生會總算幹了一件真正有利學生的事。

這件事能做成，徐雲妮很高興。

上級們也很高興，大二的時候，徐雲妮毫無爭議地選上了外聯部部長，監管文藝部門。

大二一整年，徐雲妮參與安排了幾次文藝晚會，還有一次校園歌手大賽。她從時訣那取了不少經，幾次活動都辦得異常成功。

徐雲妮在學校越來越有名氣。

不少人都知道，學生會有一個女生，她成績很好，工作能力超強，還有一個帥炸天的男朋友。

徐雲妮就像被什麼大運附身了似的，想什麼事，來什麼事，做什麼事，成什麼事。校內外各種獎項，不管什麼優秀幹部、校園之星，全都被她拿了個遍，她被老師調到身邊，還兼職了校內的工作。

那段時間，徐雲妮的精神一直處在亢奮的狀態裡，她半隻腳在校園，半隻腳在社會，在叢林中小試牛刀，就順利品嘗到了勝利的滋味。

她風頭正盛，拿了很多資源，引起張肇麟的不滿。

張肇麟也升職了，馮鑫源他們這波人換屆，張肇麟榮升會長，他原本想讓他的得力幹將王祿接他外聯部的班，私下找徐雲妮，問她去宣傳部行不行，徐雲妮說不行。

張肇麟就記恨上了，但徐雲妮工作上毫無紕漏，跟老師和同學關係都好，他找不出把柄。

越找不到就越難受，這裡最難受的是王祿，他與徐雲妮同屆，事事被壓一頭，徐雲妮風頭正盛，他怎麼看她怎麼不爽。

他們私下開始傳她和她男朋友的事。

時訣風格驚豔華麗，總出沒在酒吧夜店，而且毫不掩飾自己引人矚目的作風，被人傳閒話是相當自然的事。

他們一開始說徐雲妮兩面做派，表面裝正經，私下玩得超花。

徐雲妮沒理會。

後來，因為舉辦校園歌手比賽需要找贊助商，正好 LAPENA 是音樂酒吧，時訣經常演出，徐雲妮跟羅克和薇薇也熟悉了，就跟他們合作了。

然後，底下的口風又變了，話說得越來越難聽。

當有人說時訣是酒吧的公用鴨子這種話傳入徐雲妮耳朵裡時，她心裡的火終於不受控的被點燃了。

她第一次冒出了要整他們的念頭。

她開始倒查外聯部的帳，去年張肇麟是外聯部部長，王祿在他手下幹活，徐雲妮幾乎百分百確定他們有問題。但是帳面上沒有體現，徐雲妮就把去年一年時間裡，外聯部合作過的所有事項全部列出來，然後在課餘時間，一家一家去找，最後果然查出了事。

有一家健身房的負責人跟張肇麟有過節，因為之前吃飯的時候這位負責人喝酒喝多了，拿張肇麟稀疏的頭髮開了個小玩笑，張會長大怒，就找了個藉口把與健身房的合作取消了，但有幾臺器械還在學校體育館裡，是當初為了合作以極低的價格租過去的，現在合作沒了也拿不回來。

徐雲妮回去調查了一下，發現跑步機的數量對不上，她找體育館的人問，說好像是賣了，被拉走了。

徐雲妮重新拉了健身房的合作，然後以此事為由，讓負責人找到學校。事情就鬧出來了，張肇麟堅持是跑步機品質不好，壞了扔了，但徐雲妮把他倒賣的健身房也翻出來了。

雖然兩臺跑步機價格不高，但這事影響很不好，張肇麟最終全款賠償了器械，並因此被取消了幹部資格。

然後，這個世界如徐雲妮所願，安靜了蠻長時間。

徐雲妮按部就班地讀書、工作、戀愛，她開始計畫法務考試，計畫選調，計畫畢業後去時訣的城市，跟他「陪讀」一年。

生活蒸蒸日上，未來清晰可見。

這種生活一直持續到大三上學期，在一個風和日麗陽光明媚的日子裡，李恩穎來到學校找她，告訴她，趙博滿出事了。

第二十二章　偏航

這一天會載入徐雲妮的人生史冊。

她聽李恩穎講那些事，關於某某醫療器械公司涉及以「捐贈」和「融資租賃」的方式向醫院捆綁耗材，然後該醫院院長被抓，他在七年時間內，多次濫用職務幫某某公司進行藥品審批和藥款結算，承攬醫療工程案子和設備採購專案，收取了巨額報酬……

Blablabla……

這事跟趙博滿有關係嗎？

有，也沒有。

有在於，趙博滿是這公司的人，職位還不低。

沒有在於，他根本就不上班，這公司的創始人以前跟趙博滿父親是朋友，當年創立公司時，趙博滿父親幫了忙，後來安排趙博滿進去掛職了，一直不怎麼上班，老爺子去世後，更被邊緣化了。

案子不小，涉及面廣，公司被帶走了很多人，趙博滿也在其中。

按理說，這事應該落不到趙博滿頭上，但他還是被嚇傻了，李恩穎說他被帶走的時候都哭出來了。

李恩穎的狀態也很差。

她剛來的時候還沒跟徐雲妮說這事，徐雲妮以為她是過來探望她的，但看她臉色不好，嘴唇都乾了，她以為她太累，就先帶她到一家飲料店休息。

徐雲妮剛點了兩杯自己喜歡的當地特色飲料想讓李恩穎嘗嘗，李恩穎就把事情跟她說了。

徐雲妮都聽愣了。

她當時完全沒注意到，店裡還有王祿在。

李恩穎講到最後哭了，徐雲妮這才醒過來，帶她去了飯店。

這晚徐雲妮在飯店陪李恩穎，李恩穎吃了安眠藥才睡下。

徐雲妮看著李恩穎憔悴的睡顏，幻視起徐志坤剛走的那段日子，憂心忡忡。

她腦子裡所有事都被擠走了。

後半夜，徐雲妮依然睡不著覺，她站到飯店窗邊，看著沉寂的城市，片刻後，她把手機拿出來，傳訊息給時訣：『你睡了嗎？』

他很快回覆：『沒，在舞社玩。』

然後他傳來一張圖片，他們好像在開趴，美酒佳餚，霓燈彩帶。

徐雲妮：『這麼熱鬧？』

時訣：『雯姐回來了。』

徐雲妮微微驚訝。

『你之前不是說她回老家了？』

『對，被 Delia 勸回來了，現在是酷炫女強人人設，只談錢不說愛。』

『那崔老闆什麼態度啊？』

『大概今晚回去要上香。』

徐雲妮的嘴角不自覺動了動。

徐雲妮請了一個長假，在家陪李恩穎。

李恩穎找徐志坤以前的朋友問詢情況，都沒什麼消息，說這案子電視臺都報導了，查得非常細。

李恩穎花了高價找律師，律師的說法跟徐志坤朋友類似，說案件抓得很嚴，趙博滿說他完全不知情，檢察官根本不信。李恩穎反覆解釋趙博滿不上班，只是領薪水而已。律師說退贓款是肯定的，判不判還要看情況。李恩穎頂不住這種壓力，有舊病復發的徵兆，每天吃大把藥，徐雲妮硬是把她送回外婆家，換成自己跟律師對接。

她每天幫忙搜集趙博滿不參與公司經營的證據，一直不停歇。

她經常大半夜接電話，不只是律師，還有趙博滿公司的人，還有相關的調查部門。

她跟每個人說話都保持著平穩鎮定的聲音，但其實，她的腦殼都快裂開了。

有一天晚上，她獨自坐在餐廳裡整理趙博滿行車記錄器的資料，有那麼一瞬間，突然感覺徐志坤就坐在她面前似的，她猛地抬眼看，對面空蕩蕩的。那一刻，徐雲妮忽然有點撐不住了，垂下臉，兩手抵在額頭，電腦上落下幾滴眼淚。

她打電話給時訣。

他接通時，周圍還響著音樂聲。

徐雲妮問：「你在哪？」

『家啊，』時訣把音響關了，問她，『妳說話怎麼這個聲音，妳媽還好嗎？』

之前徐雲妮告訴他，她請假回家了，但她沒說趙博滿的事，只說李恩穎身體有點不舒服，她回來陪陪她。

她對他說：「能出來嗎？我想見見你。」

時訣搭車過來找她。

徐雲妮在社區門口等他，他下了車，過來先看她的情況。

「出什麼事了？」他問。

「進來說吧。」

「進哪？」時訣問，「妳家？」

「嗯，沒人的。」

徐雲妮領時訣去了家裡。

「不用脫鞋了。」她自己也直接走了進去。

別墅的燈都關著，只有餐廳亮著一盞，寬敞的餐桌上堆著筆記型電腦、手寫本子、拆開一半的麵包、喝光的咖啡和亂七八糟的資料。

徐雲妮先倒了杯咖啡給他，然後說：「我跟你說個事。」

她把整件事告訴他。

時訣側著身子，翹著腿，聽到一半就點了根菸。

「他會怎麼判？」時訣問。

徐雲妮說：「現在還不知道。」

時訣：「妳媽怎麼樣？」

徐雲妮搖搖頭，說：「不太好，她一受壓力就容易發作。」

時訣：「那妳呢？」

徐雲妮抬眼，看時訣坐著的地方，正好是剛剛她腦海中，徐志坤的位置。

徐雲妮微微恍惚。

他在煙霧中看著她，問：「妳還好嗎？」

徐雲妮想想，實話說：「也不太好。」

時訣：「看出來了，我就說妳怎麼突然請假回家了。」他靜了一下，又說：「他這事對妳有影響嗎？」

徐雲妮：「不清楚，影不影響我都好說，我主要是擔心他們。」

時訣點點頭，站起身，往客廳走。

「能使的力氣不都使了嗎？別上火了。」他左右看看，「妳房間在哪？」

「在樓上。」

「帶我看看。」

於是徐雲妮帶他上樓，來到她的臥室。

時訣跟徐雲妮視訊的時候見過她的房間，但這還是他第一次踏入，房間很大，比他的大不少，格局非常方正。

時訣在房間裡轉了好幾圈，在書櫃的玻璃窗前一停，「喲」了一聲。

徐雲妮也走過去，發現那是之前她從丁可萌那拿到的時訣的小卡，旁邊還擺著一張她自己的小卡，是時訣去華衡找她那天帶去的，因為都是丁可萌拍的，風格鑾像，擺在一起非常和諧。

時訣拿出兩張卡看了一下，冒出一句：「我帥吧？」

徐雲妮說：「看久了就還好。」

「……哈？」時訣一頓，很不滿意這句話，他叼著菸，睨來一眼，「妳不能因為心情不好就開始胡言亂語啊。」

徐雲妮忍不住，笑了笑。

他們在一起兩年多了，但這張臉，隨著時光的沉澱，就像灑下一層輝光，越發成熟，越發深邃。

時訣看著她。

她好像很累，也可能是哭過，眼底發紅，但即使在如此凌亂的狀態下，她依然把自己打理得很好，穿著整潔的衣服，梳著一絲不苟的頭髮。只是再整齊，也掩不住那一絲憔悴。雖然這麼說非常不合時宜，但時訣見慣了徐雲妮沉穩鎮定，意氣風發的樣子，突然流露這種隱忍的疲態，讓他覺得……

兩人對視著，但想的東西截然不同，徐雲妮悵然憂思，時訣則在認真考慮，如果這時候跟她上床，會不會顯得有點禽獸。

最後，他只是低頭，親了她一下。

他去床邊坐下，剛坐就是一頓，往後躺下，然後像條鹹魚似的來回翻了幾圈，說：「這床躺著怎麼這麼熟悉……」

徐雲妮說：「跟七〇九是同款床墊。」

時訣：「怪不得。」

徐雲妮把所有資料拿到樓上。

時訣沒說什麼，就靠在床頭玩手機，陪了她一夜。

後半夜他睡著了，徐雲妮把燈關了，躺在他身邊。

徐雲妮好幾天入睡困難，但今夜幾乎瞬間入夢，就像他們在七〇九室時一樣。在那裡，他們從不失眠。

最終，趙博滿的結果出來，他被判了兩年，緩刑兩年。

律師說，這已經是很好的結果了。

再見到趙博滿的時候，原本水靈靈的人現在成了脫水的蘿蔔乾似的，他和李恩穎抱在一起痛哭流涕。

徐雲妮坐在沙發上，看著他們二人。

趙博滿哭著對徐雲妮說：「對不起。」

徐雲妮說：「哪有什麼對不起的，趙叔，快點把身體養好吧。」

徐雲妮原本覺得，這事的發生已經是她情緒的低谷了，沒想到，一谷更比一谷低。

返校前一天的黎明時分，徐雲妮正在收拾東西，把李恩穎的用藥細則再檢查一遍，她列印了幾份，準備貼在家裡。

手機忽然震了一下，陶雨分享了篇校內論壇的匿名文章，然後說：『妮妮，好像有人搞妳。』

徐雲妮點開看，文章發在爆料板，題目是：「驚動全國的貪汙案件罪犯子女在我校叱吒風雲？」

文章裡仔細描述了這樁案件，然後用一些春秋筆法進行暗示，這個主人公是個女生，靠著深厚背景在學生會裡呼風喚雨……

下面有人爆料，拼音縮寫就是她的名字。

徐雲妮看著看著，居然沒控制住，嗤笑一聲。

這都是什麼東西……

徐雲妮看看手裡列印的用藥時間表，在一瞬間，突然對好多事都失去了興趣。

她懶得知道文章是誰寫的，也懶得知道這事怎麼被人得知的。

她回校之後，找到張渤，想把學生會和工作放一放。

「我會做好移交的。」她說。

張渤可能聽到些流言蜚語，辦公室內，他神色很嚴肅，說：「徐雲妮，我建議妳再考慮一下，妳非常優秀，要堅定自信。人生總會有變動的，有時候就是會颳起妖風，但風只會吹一陣，妳撐過去了，就還能在這條路上接著往下走。」

徐雲妮的眼睛發酸，張渤說的道理其實她都懂。

她說：「謝謝老師，主要我這次請假太久，課程落下很多，我想先抓一下這邊。」

張渤最後還是同意了。

徐雲妮給自己放了一個假。

她每天打三遍電話給李恩穎，監督她吃藥，打到最後李恩穎都嫌煩了，剩下的時間她要麼讀書，要麼睡覺。

陶雨看到她的情況有些擔心，問：「妳還好吧？」

徐雲妮：「嗯？沒事啊。」

除了上課，徐雲妮都待在七〇九室，讀書也是，睡覺也是。

時訣不在的時候，她覺得一個人在這公寓也挺好，屋子裡有她常用的咖啡機、有酒、有茶，他們換了新的大功率電磁爐，炒菜煮湯什麼都行。

學累了，她還可以玩時訣的東西。

他兩邊跑，後來在這邊也留了些工作的物品，有吉他、鍵盤，還有錄製設備。

不過她不太敢放開了玩，她不瞭解這些，怕弄壞了。

他的衣服在不知不覺中已經掛滿了三個衣架，衣架最前方，有個掌上型的小型噴霧熨斗，是他常用的。

牆上新釘了一塊黑胡桃的壁板置物架，擺了一排他的香水……

徐雲妮很喜歡待在七〇九室。

時訣感覺，經過這件事，徐雲妮的性格好像發生了一點變化。

到底變在哪，也說不好。

有一天晚上，他與她做愛，結束後，他靠在床頭，一邊吸菸，一邊看手機。

徐雲妮通常這個時候會去洗個澡，但今天她沒動。

屋裡大燈關著，只有床頭亮了一盞暖黃的小夜燈。

身邊傳來她的聲音，「好抽嗎？」

時訣看去一眼，她背對著他躺著。

他一開始沒懂，「什麼好抽？」

「菸。」

時訣看看手裡夾著的香菸，又看看她。

他放下手機，貼了過去。

徐雲妮雖纖瘦，也有一百七十幾，他就更不用說了，兩人睡這一張小床，其實永遠都是貼在一起的。只不過現在更近了，他一手撐著頭，低頭聞了聞她的頭髮，耳朵，另一隻手落在她面前，兩指夾著那根抽了一半的菸，他在她耳邊，輕聲說：「要試試嗎？」

她看著眼前，沒動，把嘴微微張開了。

這是徐雲妮第一次抽菸，沒有太多說法，跟她想像的差不多。

她甚至感覺有點親切，因為這味道她總在他身上聞到。

她聽到他在身後笑著感慨：「居然一下都不咳？妳厲害啊，徐雲妮，比我第一次強多了。」

徐雲妮轉過頭，看他垂眸的笑顏，突然冒出一句：「時訣，如果將來我什麼都不做了，你去工作，我在家裡等你，可以嗎？」

時訣一愣。

他盯著她看了很久很久，臉上的笑意沒了，變成認真的表情，「妳說真的嗎？」

他還是有點不敢相信，他一直在想，卻一直不好開口的話，居然她自己說出來了。

說真的，時訣不太信。

這九成是她最近心煩意亂，隨口而出的。

他問完，徐雲妮沒有馬上回答他，他就確定了，兩肘拄在她身邊，低頭看著她，笑著逗她：「說認真的嗎？再不出聲我當真了啊。」

徐雲妮盯著他看，依然沒說話。

於是時訣的笑串成了一串。

徐雲妮知道，他不信她的話。

她抽出一隻手，打了他一下。

他的身體被拍出清脆的聲響，坐起來，去冰箱拿酒，幫她倒了一杯。

「喝點酒，睡一覺就好了。」

徐雲妮連喝了幾杯，他說：「酒量漸長啊。」

徐雲妮一手拿著酒杯，一手指指自己肚子。

時訣：「餓了嗎？」

徐雲妮暈暈地說：「班長，這個世上，剛剛誕生了一顆想要擺爛的心。」

時訣抓著她的手往上一點，糾正道：「心在這呢。」

徐雲妮：「反正就是那個意思。」

時訣不言，看了她一下，說：「徐雲妮，妳再這樣說下去，我就要當真了。」

徐雲妮微皺著眉，有點不滿他的磨蹭，「你當啊。」

時訣沒有再說什麼。

他依然是不信的，而往後的那段生活，卻讓時訣覺得……雖說這樣講有點不太對得起她那位趙叔，但他真的認為，那是自己整個「陪讀」生涯裡，最沉溺的時光。

徐雲妮再也不去學生會加班了，再也不寫那些鬧眼睛的文件，不會沒完沒了地接各位長官的電話——之前有一次，他們都睡覺了，某老師的孩子突然過敏高燒，少一種藥，他大半夜爬起來陪徐雲妮滿市找。

圖什麼呢？據她自己的說法，是學生會要換屆了，她需要拿票。

時訣能說什麼，只能點點頭。

徐雲妮當然看到了他風涼的白眼，也有點不好意思，說選舉完就好了。

現在，情況發生了改變。

這事他還要感謝趙……他叫趙什麼？

……好吧，實話實說，他確實不怎麼關心他。

這是時訣從小到大的習慣。

時訣沒有關於生母的記憶，他只知道她是個音樂家，後來嫁給老外跑了。時訣原本也不叫這個名字，是他媽媽離開後，時亞賢幫他改的，似有與過去訣別之意。時訣只看過他媽媽的照片，一個年輕漂亮的女人。他在兒時，每每看見擁有幸福家庭的小朋友，都會很羡慕，也曾幻想過，完整的家庭是什麼樣子。

後來，他爸交了一個女朋友，時訣對她很好，但是她走了。

再後來，他爸又交了一個女朋友，時訣依然對她很好，但是，她也走了。

就這樣，慢慢的，時訣不再期待，他對那些擁有幸福家庭的小朋友的感覺，從羡慕，到嫉妒，到怨恨，最後練就一雙冷眼。

越是圓滿的家庭，他越是漠不關心，他看他們就像隔著一層膜似的，內容再豐富，畫面也是混濁的。

他看徐雲妮的家庭，這種感覺更甚。

他承認自己有點幼稚，他不喜歡她成天圍繞著曾經傷害過他的東西轉。

他希望她能快一點從她後爸這件事裡抽身。

但顯然，沒那麼容易。

在這個徐雲妮自認為誕生了「擺爛之心」的夜晚，她喝得爛醉如泥，但時訣卻異常清醒，他坐在桌邊，一邊抽菸，一邊聽她絮絮叨叨，說什麼她不該浪費那些時間，多睡覺好不好，大學念了三年，頭髮都快掉沒了……

時訣聽得笑出來，中途還去 LAPENA 幫她拿了點冰塊。

這酒局整體講還挺歡樂的，只要拋開她最後流的眼淚。雖然她剛流第一滴時就連忙站起來，說要去洗手間。時訣把抽了一半的菸輕輕放在菸灰缸上，然後推開洗手間的門，果不其然看見她在洗臉。

他走過去，拍拍她肩膀。

她關了水龍頭，低著頭，轉過身，將滿是水的額頭埋在他身上。

她連哭都是安靜的，忍耐的。

時訣摸著她的背骨，感受她輕微的顫抖，感受她長長的深呼吸，她悶悶地說：「班長，我有點混亂。」

他說：「亂什麼？」

「不知道，」徐雲妮迷迷糊糊的，要借酒力才能把話說出來，「我昨天夢到被檢察院的人問話，我爸以前也是檢察官，他們突然站到對立面，我……」

其實，徐雲妮不敢跟任何人說，趙博滿是有被查出一些實證的，甚至他的父親，都有明確牽連。只是他涉及得小，態度良好，退贓積極，又有頂級的律師團隊處理，所以得到判二緩二的結果。

曾經一段時間裡，徐雲妮滿腦子想的都是，怎麼才能瞞過檢察院，幫趙博滿脫罪。她有時會看到徐志坤的幻影，好像在對她說，妮妮，妳真的長大了。

徐雲妮一度整個人都迷亂了，甚至學校論壇裡那篇文章，她在無言的同時，竟然還有點心虛。

時訣說：「他們是他們，妳爸是妳爸，又不一樣。」

徐雲妮額頭抵著他，閉著眼說：「我就是感覺，我的很多想法都變了……」

「過段時間就好了。」時訣想到什麼，悠悠道：「這點我還是有發言權的，『爹』這個東西嘛，他給妳的，甭管好壞，是什麼就是什麼，別人改變不了的。人哪有那麼容易變啊，變來變去還是原來的樣子。」

徐雲妮從他身上抬起頭，他的神情一如往日，平靜淡然。

她看著他，問：「你父親給你什麼了？」

「人生經驗啊，」他視線落下，跟她紅紅的眼睛對上，笑著說：「想學嗎？他教我要把心思多花在另一半身上，別人都放放，父母跟孩子的關係其實沒那麼緊密的。妳知道嗎？我爸死的時候我都沒哭。」

徐雲妮：「為什麼不哭？」

時訣笑道：「我在想事啊，他死了我去哪呢？」

徐雲妮不言。

時訣說：「檢察院調查的不是妳，是妳那叔叔，妳替妳媽關心他，但過去了就過去了，總不能讓他影響到妳對妳爸的看法吧。」他抬起手，勾勾她的臉，「更不能影響妳啊，這到底跟妳有什麼關係啊，什麼都管。」

徐雲妮怔了一下。

嗡……

洗手間的燈並沒有換，他的面龐冰白清冷。

徐雲妮時常覺得，她的男人是個有點封閉的人，真正關心的人事物非常少，而且有著很明顯的親疏遠近，陶雨私下跟她說過，覺得時訣太冷傲了。以前徐雲妮有嘗試過讓他放開一些，帶他跟自己的同學們一起玩，他玩得很開心，但也僅此而已。她問他要不要再約同學出去，他看出她的意思，笑著說真的要約嗎？妳確定嗎？然後給她看了手機。

那是他們一起去漫展的時候，聶恩貝那動漫社團的另一個Coser，她傳了一張裸照給時訣。

他看著她無言的表情，笑道，還要看嗎？男女都有哦。

徐雲妮就知道了，還是別放開了，把他裝瓶子裡擰死吧。

她越來越理解他的處事態度，有些時刻——比如現在，她甚至覺得自己應該學一下他，他把人清晰地劃分出層級，圈裡圈外，界限分明。

公事公辦，主要是不燒心。

他在那玩她的頭髮。

她說：「哎，你還沒說，我不上班在家賴著行嗎？」

時訣說：「徐雲妮，我巴不得妳願意做個神祕闊太太呢。」

徐雲妮：「有多闊？」

他的手頓了頓，雖然他依然覺得她只是隨口一說，但還是認真研究了一下。

「……我盡力，」他思索著說：「但妳也別太看得起我，肯定有頭的。」說著，他又笑了，「還真討論起來了？」

徐雲妮一直覺得，時訣的笑跟他整個人風格一樣，特別的淺淡，有時會顯得有點冷漠，甚至刻薄，但同時，這也會在不知不覺中，中和掉濃烈的情感掙扎，如同他喜愛的香菸，所有繁亂沉重的思緒，都那麼一吹就散了。

很詭異的，徐雲妮莫名沒那麼糾結了，她帶著那顆擺爛的心，拉他回去接著喝酒。

那晚她斷片了，醒來的時候已經第二天了，她被換上了睡衣，扣子還扣錯了。

她就在他的懷裡躺著。

隨著徐雲妮斷掉學校繁複的工作，她待在七〇九室的時間越來越長。

他們幾乎天天都在一起。

時訣因為連紅了幾首歌，工作已經被約到明年了，每天非常繁忙，手機訊息都回不完。

但他卻更加頻繁地前往徐雲妮的城市，有時只有一天的空閒，他也一大早飛去，然後坐最晚的航班回來。

周圍的人都覺得他太辛苦了。

但是，時訣在身體上也許有點疲倦，可精神上非常滿足。

崔浩跟他閒聊的時候抱怨過，說以前不談的時候總想談，真談了也麻煩，尤其資源少的時候，暖兒女士沒事幹，天天就是無窮盡的電話，查崗，黏黏膩膩沒完沒了。

時訣的情況正好相反。

主要是徐雲妮的起點太低了，如果說大學的時間是一條十公尺長的繩子，他去找她的時間大概有四公尺，但他們真正相處的時間，最多也就兩公尺。

他有時會覺得不公平，為什麼他在忙的時候也能來找她，她卻不行呢？

雖然他知道，他們兩人的工作性質不同，徐雲妮總是要到各個場合出面，而他洗個澡的功夫就能成型一首曲子。

可他還是會受不了。

一開始他決定一個月去找她一次，主要是為了她著想，覺得這樣她會比較放心。到後來，這服務對象就換人了。他時常想要親吻，想要貼近，想要在她安靜工作的時候，把手悄悄伸進她的衣服裡。

他喜歡她從一開始羞紅的窘態，到最後任由他折騰，依舊能專心做事的變化。他也喜歡他一旦質疑她反應淡然，她就會收起筆，然後與他一場歡愛。她會把他壓在身下，會讓他柔聲呻吟，她經常跟他玩一個遊戲，讓他扮演一個癱瘓的病人，一動不動，然後她能只用他腰以上的部分，就讓他腰以下潰不成軍。

時訣經常懷疑，她已經把他每根頭髮都錄入系統了，碰哪什麼反應，都記得一清二楚，她能用最冷靜的溫柔，給他最有烈度的體驗。

每一場「收筆之戰」她都非常投入，因為她知道，她必須灌滿他的心神，她才能繼續工作。

這些場景，有時發生在陽光下，有時在夜裡。

他更喜歡在陽光下。

他越來越難以忍受分離，難以忍受他千里迢迢來找她，她的時間卻被其他事情占據。

她最開始制定的那些遊玩計畫，都到大三了，才實施了一半。

他忍了好幾次火，徐雲妮也看出來了，她跟他打包票，說畢業了就馬上回家，她會在家那邊工作。他看過她平時研究的職位，確實都是他們那邊的法制部門。

於是他就等著她畢業。

結果現在，她後爸突然出事了。

時訣私下找人打聽過，她這種情況，想考一線城市的公檢法可能會有困難。

那她接下來想幹什麼？他曾問過一次，她說還不清楚。

時訣就沒再問，她現在表現得很迷茫，但時訣知道，那都是暫時的，她骨子裡誰也勸不動。

他沒建議，等她自己決定。

再然後，就出現了她說要擺爛的那一夜。

時訣不信，但他忍不住高興。

他陪她過了一段「擺爛」的日子，他們就像一對新婚夫妻一樣，每天膩在一起，她有時會改他的曲譜，有時會偷他的菸，他教她唱歌，教她彈琴，他們一起把剩下一半旅遊攻略完成了。

風花雪月，牆頭馬上。

那是時訣整個「陪讀」生涯裡，最沉溺的時光。

其實一開始，徐雲妮選擇這段「擺爛時光」，是為了逃避現實的，但後來，她完全沉浸了。

因為實在太夢幻了。

不只她沉浸，時訣更是如此。

徐雲妮一直覺得，時訣這方面太容易……怎麼說呢？失控？

平日裡就是這樣，雖然她也很喜歡，但是她還是要克制，因為時訣做不成那個克制的人，只能她來把控，否則兩人一旦抱在一起，不餓死是不會下床的。

而現在，她放開了一道口子，直接就是醉生夢死，孽海情天。

他甚至連工作都不做了。

徐雲妮說你把活幹了再玩，他說沒事，我心情好了，撒個尿的功夫就能寫完。

好，你強。

這段時間還有一個小插曲，他們去找王泰林了，王泰林那時正在跟公司鬧解約，公司卡合約，不願意放人。徐雲妮和時訣一起幫了他，徐雲妮幫他研究條款，時訣幫忙在圈子裡打聽這公司的料。因為本身就不占理，證據一收齊，很快就把王泰林撈出來了。

後來王泰林自己成立了工作室，流程上徐雲妮也幫他忙。

這事給了徐雲妮一定啟發，她的畢業論文決定是合約法方向，研究公平性規定等內容。

漸漸的，徐雲妮打起了精神，她心想，老天對她真的很不錯了，她衣食無憂，順利長大，她有過那麼一點挫折，但都不至於把她擊垮。

他們這一次休假，玩了很多地方，剛開始還在市內周邊，後來省內、省外，到處走。

在遊玩後期，某一天晚上，他們在某條商業街路口等紅綠燈，聽見路邊播放曲子，正好是時訣寫的歌。旁邊有幾個人在討論這歌，有人說了一句話，也就普通吧，唱得像白開水一樣，我覺得沒有阿京的新歌好聽。

時訣站在路邊，白眼差點沒飛到外太空。

他們聽的那首歌，是當初時訣跟劉瀟簽的人生第一個七位數合約的曲子，這是一套系列曲，是劉瀟幫公司裡準備力捧的小生訂製的。時訣很認真地完成了，還參與了錄製。他跟徐雲妮說，其實錄的時候他已經不太滿意了，但這小生有金主，他也不能狠著說，最後哄著寵著一路鼓著掌錄完了。

這套曲子製作精良，成績很不錯，但仍遠遠達不到他的要求。

「自己唱啊。」徐雲妮說：「為什麼不自己唱呢？」

時訣：「自己唱沒有那麼多錢賺，除非簽公司，或者自己成立公司，太麻煩了。」

徐雲妮能看出，這種自己作品得不到完美演繹的遺憾，讓時訣非常煩躁。

他八成時間裡非常的隨性，剩下兩成則有極度的強迫症。

徐雲妮想起之前幫王泰林處理解約和建立工作室的事情，那讓她留下很深的印象。

那天晚上，在飯店裡，徐雲妮跟時訣聊了一次。

她說這樣下去就是白白浪費心血，要不然這樣，你先簽公司，發展幾年，然後再自己成立公司。

時訣笑著說，我簽約？那妳真的要當神祕闊太太了。

徐雲妮明白他的意思，說不公開戀情完全沒有問題，正好她打算畢業了先找地方幹一陣，有經驗了再看將來能不能自己開律師事務所。我們一起奮鬥幾年，等都穩定了，再討論公不公布的問題。

時訣坐在對面椅子上，手裡夾著菸，也沒抽，好像在思考。

徐雲妮知道時訣很重視舞臺，他很喜歡在人前展露自己的才華，他這種條件，一直在幕後未免可惜。

她又說了一遍。

時訣皺眉道，妳讓我想想……

其實，這念頭他私下自己也有過，但總覺得不太行，就壓下去了。不過這想法就像被強壓在水裡的瓢似的，大部分時間都是沉著的，但一旦碰見諸如商業街路口這種情況，就會不受控地浮起來。

那天晚上，他們躺在飯店的大床上，聊到很晚很晚。

時訣說，如果真要弄，我簽個三年的合約，應該足夠了。

徐雲妮說，我三年經驗可不夠開律師事務所。

時訣說，戀愛方面我不會主動提，被人拍到就承認。

徐雲妮笑道，你放心，我反偵察能力很強的，不會被拍的，就算被拍也不用承認，就說以前相熟，現在是老朋友的法律諮詢。

時訣說，徐雲妮。

徐雲妮說，嗯？

時訣說，我會把我的一切都給妳的。

時訣想得很簡單，他想把自己的歌完美地唱出去，其實他自己註冊個帳號也能唱，只是推廣少，賺得少，他又不甘心。

徐雲妮的想法也很簡單，他們各自做自己喜歡的事，實現理想，不留遺憾，最多就是這幾年戀愛不太方便，但畢業後的時間本就是最忙的，不能耽於享樂，他們都甜蜜了這麼多年了，不急於一時。

當時訣把自己想簽約的消息告訴林妍時，林妍要樂瘋了。

「我有女朋友。」時訣說。

「沒事，你的情況我們肯定會放寬要求的。」林妍說：「你只要讓她低調點就行。」

「嗯。」

那之後的一段時間，時訣非常忙碌，但他依然會抽空跑去見徐雲妮。

而且可能是因為已經決定要去臺前，他更珍惜他們相處的時間，徐雲妮能感覺出來他有點興奮，對即將展開的事業躍躍欲試的樣子。

樂陽為時訣下了大手筆，經理李雪琳親自帶他，幫他製作包裝，等待適合的機會露面。

然而，就在這個時候，出了狀況。

有一天，李雪琳來找時訣，她眉頭緊蹙，說有個麻煩事，要跟你談談。

時訣問什麼事，李雪琳拿出一樣東西給他。

時訣翻了翻這幾頁紙。

那段時間，徐雲妮忽然發現時訣不來了。

雖然最近徐雲妮在準備畢業論文，好幾次跟時訣說，少來一點也沒事。但之前忙的時候，她也說過這種話，他都當沒聽見，現在突然聽見了，徐雲妮反倒有點不是滋味。她心想，以前真是身在福中不知福，不該說些大話，算了，就當提前適應了。

一個多月後，一個意想不到的人來找她了。

丁可萌。

徐雲妮還挺驚喜，準備帶丁可萌在附近玩一玩。

丁可萌瞪眼：「還玩吶！妳心可真大啊！」

徐雲妮一愣：「怎麼了？」

兩人在校門口，丁可萌左右看看，徐雲妮笑道：「幹什麼呢？神神祕祕的。」

丁可萌一擺手：「妳跟我來。」

她們去了一個很偏僻的小咖啡館，全店就她們兩個顧客，丁可萌帶她到一個角落坐下，從包裡翻出幾張紙，徐雲妮一看，心情瞬間歸零了。

那是之前校內論壇裡，她被人寫的那篇文章，還有下面的留言，都列印出來了。

當初那份文章並沒有掛多久，可能是有上級打了招呼，最多兩三天就被刪了，後來也沒有人再討論了。

「妳怎麼會有這個？」徐雲妮問她，「妳列印這東西幹什麼？」

丁可萌說：「我這是買的料！」

徐雲妮：「什麼？」

丁可萌：「有人要搞時訣，妳不知道嗎？」

丁可萌跟徐雲妮講了她現在知道的事情，樂陽簽了時訣，要捧他，圈裡不少人都有消息，時訣一臉紅相，很多人不想讓他起來，就開始挖黑料，挖著挖著找到妳了，然後順路就找到這帖子了，再然後就把後面的案子什麼的全帶出來了。

丁可萌跟她說，通常挖女方沒什麼用，但妳這個情況太特殊了，這案子去年有段時間天天上頭條，各方面涉及太廣，是上面定性的造成重大國有資產流失的案件，落馬了多少人，到時候一個貪官親屬帽子扣下來，還玩什麼啊。

丁可萌有點恨鐵不成鋼：「妳怎麼會被人寫這種帖子，這種事不能讓人知道的啊。」

徐雲妮看著手裡的資料，心想，寫這個帖子的人，現在應該已經畢業了。

徐雲妮拿起咖啡。

非常神奇，在這個本該緊張恍惚的時刻，她卻突然冷靜了。

從李恩穎通知她趙博滿出事，到現在，這一路的迷亂憂思，就在這一瞬間，統統消失了。

「時訣知道這個事嗎？」她問。

「肯定知道了啊，樂陽應該也知道了。他們最近在籌備綜藝節目呢，一個音綜，我聽說是要時訣以導師形式露面，他本來就紅了幾首歌嘛。」丁可萌說：「其實是為了這口醋包了這盤餃子，這節目就是為了捧時訣的，前期已經花了不少錢了。」

徐雲妮問：「能壓下去嗎？」

丁可萌：「能，但要樂陽花大錢，他們肯定會要求他跟妳劃清界限的，至少表面上。」

徐雲妮沒說話。

丁可萌說來說去，還是最初那句話：「都說了別讓妳跟他在一起，怎麼就不聽勸呢。」

徐雲妮安靜坐了一下，笑了笑，說：「丁老師，口味沒變哈。」

丁可萌低頭，看著自己手裡的黑糖珍珠奶茶，想起超久之前的那頓飯，「哦」了一聲。

「謝謝妳來跟我說這個事。」徐雲妮說。

丁可萌：「也是順便，我過來這邊拍人的。」

徐雲妮：「哎，妳畢業了打算做什麼，還是往攝影方面發展嗎？這行現在好幹嗎？」

丁可萌也是佩服她，居然還有閒心跟她聊行業發展，也許她跟時訣感情沒那麼深？她跟她說了一下，包括她自己，還有她知道的華都的同學的情況，差不多就要走了。

「我過來就是給妳打個預防針，別太傷心啊。」她給她建議，「要是不想被甩，可以找個由頭先甩了他。」

徐雲妮恍然大悟狀：「好主意。」

丁可萌說：「我跟妳說認真的呢，這也是保護妳和妳家人，真搞起來妳家人資訊都被翻出來，妳媽，妳那個後爸，還有妳後爸那個死了的爹，一查就出來，何必呢。」

丁可萌走後，徐雲妮在咖啡館坐了很久，難受肯定有，但她並沒有像丁可萌預料的那麼傷心。有一瞬間，她也在想，如果當初在學生會，她不那麼寸步不讓就好了，他們只是隨手洩憤，卻後患無窮。但這念頭只是一閃而逝，後悔無用，徐雲妮的腦子異常清醒，一遍又一遍把事情梳理出來。

而時訣那邊，樂陽已經找他談了三輪了。

李雪琳無論如何都不想放棄他，跟總公司的人研究了好久，跟時訣說，公司還是想推你，但你要跟你女朋友那邊處理好了。

時訣說：「我簽約前就說過，我有女朋友。」

李雪琳無奈道：「但誰也不知道你女朋友是這個情況啊。」

這個情況……

其實時訣也不清楚，當初徐雲妮跟他說她後爸這案子，只說公司涉嫌跟醫院有回扣一類的勾結，也說她爸其實沒什麼事。

李雪琳說：「如果有心人拿來做文章，風險太大了。時訣，人生最好的就這麼幾年，你的夢想，你的才華，都不該被埋沒。其實也不是硬要你澈底斷了，將來想怎樣都是你自己的事，但是現階段一定要做好取捨，你定下來，公司才能放心幫你壓，幫你洗個人設出來。」

時訣坐在樂陽辦公室的沙發，聽了李雪琳的話，笑出來了。

「哎，姐，『洗』這個字誇張了。」他站起身，兩手插口袋，對李雪琳淡淡道：「沒髒過。」

都到這時候了，李雪琳還是被時訣那鋒利而清高的氣質狠狠戳中，愣了兩秒。

她完全不想放手，決定上點壓力。

「如果你不分手，事情會很麻煩，節目前期已經投了不少了，公司肯定不想走到這一步，但是，如果真的因為這個事出問題的話，其他的合作方也會要個說法的。」

他看著她，問：「賠多少？」

第二十三章　心安

從樂陽出來，時訣回了SD。

崔浩見面就拉著他，問他有沒有打聽到暖兒的事。

喲，差點忘了這事了，經過兩年多的交往，模特兒界的有村架純，崔老師的暖兒女士，終於不負眾望的，劈腿了。

對象是某娛樂集團太子爺，在一個崔浩拉來的資源裡，暖兒被太子爺看上了。

「不可能！」崔浩暴躁道：「她肯定是被欺負了，一開始還打電話哭呢，肯定是被欺負了！」

旁邊的休息區裡，魏芊雯和 Delia 互相看了一眼，Delia 小撇了下嘴角。

崔浩好長時間睡不著覺，什麼都幹不了，他打電話沒人接，跑去公司找，公司說暖兒出國了。

「我替你打聽了，」時訣跟他說：「是出國了，只通知了爸媽。」

崔浩一副要暈厥的樣子。

時訣上了二樓，打開音響，躺在沙發上抽菸。

過了一下，崔浩上來了，喊他去喝酒。

「不去。」

「幹嘛不去？」

「省錢。」

「……什麼？」

他看著時訣躺在那的模樣，終於察覺到什麼，走到沙發旁，低頭看他，「怎麼了？」

時訣盯著天花板，把這件事說了。

崔浩聽完，默不作聲坐到沙發上，擰著眉頭。

片刻後，他說：「時訣，我們抽空找個廟拜拜吧。」

時訣胸口輕顫，笑了起來。

崔浩斜眼：「那你要怎麼辦？要不然分開一段時間？你跟小徐說清楚，這事也沒辦法。」

時訣叼著菸，淡淡道：「你自己被甩，就想讓別人也分手。」

崔浩炸裂：「誰說我被甩了！我肯定要找她問清楚！等她回國的！」

靜了一下。

時訣說：「我不會分手的。」

崔浩：「那你賠錢？對了，多少錢啊，你還沒說。」

時訣告訴他一個數字，崔浩差點被口水嗆到。

「……我靠！你說多少？！」

時訣又說一遍。

崔浩直接站起來：「你怎麼賠？這他媽不是扯淡嗎！」

時訣這些年賺了不少錢，基本夠湊個零頭。

時訣從沙發上坐起來，走到窗邊，打開窗子看外面。

「她快畢業了。」他說。

崔浩：「然後呢？」

時訣說：「我們在一起的時間就多了，不用這樣異地了。」

「然後呢？」崔浩又問，「你現在是研究這個的時候嗎？」

「我想帶她走。」

崔浩不解：「走？走哪去？你要逃債啊？」

時訣笑道：「去流浪。」

崔浩：「……」

崔浩這時才發現，時訣好像根本沒在跟他對話，他這話，可能是對著風說的，也可能是對著月，反正就是不對著人。

時訣的面龐迎著窗外的清輝，越發清白，像罩著一層朦朧的濾鏡，也好似水波，瑩瑩流光。

風吹著他的頭髮，他轉過頭來，身體斜倚在窗子上，把菸輕輕咬入口中，笑著對他重複一遍：「我們會去很遠的遠方，我們要去流浪。」

這畫面讓崔浩感覺很熟悉，時訣的樣子，跟他記憶裡的老師完全重疊，一瞬間好像昨日重現了。

「不是……」崔浩說：「你流浪什麼，你先把這件事處理好。」

時訣重新轉過身，兩肘墊在窗框，望著窗外。

身分對調了，崔浩心想，哪曾想有一天，是他勸時訣冷靜一點。

崔浩苦口婆心：「這錢沒得賠，除非人紅了，否則光靠你這麼散著賣歌，這人一首，那人一首，還經常唱毀，你要賺到猴年馬月去？」

時訣直起身，把窗子關上，說：「我先回去了。」

崔浩：「你清醒點！」

時訣下了樓，魏芊雯跟 Delia 正在聊天，他跟她們說：「你們最近別太刺激我哥哈，他失戀，容易發作。」

魏芊雯噗嗤一聲，然後又忍住了。

Delia：「我們什麼時候刺激他了？」

時訣笑笑：「沒有就行。」

說完，往裡面走。

現在沒有課，店裡就這麼幾個人，時訣路過一間教室，在角落盤腿坐著一個女孩，毛茸茸的長髮披在身後。短短幾年的功夫，她長得很快，四肢像抽條一樣，又細又長。

崔瑤聽見身後有動靜，回過頭，「時訣？」

時訣：「在幹嘛？」

崔瑤說：「看雜誌。」

時訣伸手：「給我瞧瞧。」

崔瑤遞給他，是一本娛樂雜誌，有些新的音樂、舞蹈，還有專輯資訊。

他說：「對這行感興趣嗎？」

崔瑤抿著嘴點點頭。

時訣說：「好。」

崔瑤不太清楚他問這個什麼意思，就盯著他的臉看，越看心裡越高興，然而越高興就越惆悵。

他翻了幾頁，就把雜誌還她了，說：「瑤瑤，保護好嗓子。」

這話他從小就跟她說。

「天天讓我保護……」她嘀咕著。

「多練習，」時訣又重複一遍，「到時唱我的歌。」

時訣以前就覺得，崔瑤的外形、風格，還有她的聲音，非常符合他的創作方向，空幻、靈動，極為適合電子音，可以算是一個高配版的林妍，好好打造，一定能紅。

崔瑤聽了這話，驚呆一瞬，然後歡欣鼓舞。

「好！」她激動地抓著時訣的手臂，「你要幫我寫歌嗎？哇哇哇！什麼時候啊！」

時訣：「別喊。」

她瘋狂點頭。

時訣離開了。

在丁可萌走後第四天，時訣來了。

他提前告訴了徐雲妮時間，到的時候徐雲妮正在公寓裡煮麵條，這成習慣了，他不太吃飛機餐，通常上飛機就睡覺，到家再吃。

他進了門，走到徐雲妮身後，抱住她。

「這牛肉好香啊。」他說。

「我技術好。」

「為什麼這麼好啊？」

「老師教的好。」

時訣的下巴墊在她的腦袋上。

「我三週沒來了，想我了嗎？」

「一直在想。」

時訣笑了。

他放下東西，脫衣服去洗澡，然後換了身居家服，把麵條吃了。

一切都跟平日一樣。

吃完飯，他打著哈欠，倒了半杯酒，到沙發那邊坐著喝，順便跟她閒聊。

「妳論文寫完了嗎？」

「差不多了，還差一點修改。」

「對了，跟妳說一聲，簽約那個事沒了。」

徐雲妮走到床邊坐下，面對著他。

時訣說：「我後來想想，規矩還是太多了，我就賣賣歌吧。」

徐雲妮一言不發地看著他。

時訣被她看得奇怪，說：「妳幹嘛？」

徐雲妮拿著一個折疊起來的影印紙，兩指夾著遞給他。

時訣接過，打開一看，居然是之前李雪琳給他看的那篇徐雲妮學校論壇的文章。時訣彷彿時空錯亂了，他快速地眨眨眼，拚命想半天，震驚地看著她：「妳在我身上裝監視器了？」

徐雲妮說：「我有線人。」

時訣還真信了，坐直身體，「妳有熟人在樂陽？」

徐雲妮笑了笑。

時訣：「……」

他又靠回去，還是奇怪：「那妳怎麼會有這個的？」

徐雲妮就把丁可萌找她的事說了。

「時訣，是我疏忽了。」徐雲妮認真地說：「我把事情想得太簡單了，對不起。寫這個的是我們以前學生會的人，當時這文章只掛了兩三天就撤了，我沒跟你提過。」

徐雲妮完全不瞭解時訣那個圈子。

時訣倒是瞭解，但他不瞭解趙博滿這個案子的性質。

時訣笑著，一腳踩在沙發上，拿菸出來，無謂道：「說什麼呢？有什麼對不起的，大不了就不去了唄。本來我就不是很想去，我散漫慣了，不喜歡被人管。」

真的嗎？

他前段時間明明很興奮，他還唱了他準備的歌曲給她聽。

徐雲妮：「不去就行了嗎？」

時訣奇怪道：「那不然呢？都說了，簽約那事沒了，以後我們還和像以前一樣。」

徐雲妮說：「怎麼沒的？你跟他們提出意向了？已經達成一致了？訂立解約協議了？」

時訣頓了頓，眼神不自覺地往旁邊翻去。

徐雲妮絕大多數情況下，從不跟他較真，但一旦較起來，就什麼都混不過去。

「時訣，你們的節目已經準備得差不多了吧？」

「沒有。」

「我聽丁可萌——」

「徐雲妮，」他打斷她，「我們不說這個事了好嘛。」

徐雲妮聽出他很不想聊，那晚就沒有繼續。

但是，事情總歸要說的。

第二天，時訣想要拉她出門。

「妳要寫論文嗎？我們去圖書館？」他說。

「不寫，出去玩吧。」

他們在外轉了一大圈，看電影，逛商場，吃了兩頓飯。

回到家，時訣吃飽喝足玩夠了，拉她一起洗澡，然後把她抱出來。

他把她放到床上，兩人對視了一下。

時訣呼出一口氣，坐起來。

徐雲妮：「怎麼了？」

時訣：「妳要是不想我年紀輕輕就陽痿，就別用這種眼神看我。」

徐雲妮穿上睡衣，下床，坐到椅子上，跟他說：「時訣，我們好好談談吧。」

他一言不發。

徐雲妮說：「昨天晚上你睡覺的時候，你哥跟我聯絡了。」

時訣豁然抬眼，臉色不佳，「他有病吧！」

徐雲妮：「別這麼說，這事已經發生了，你哥肯定會擔心你。」

「妳別聽他亂說。」

「他沒有亂說。」

「徐雲妮。」

她沒應聲。

時訣：「我不想說這個，過來，我們睡覺。」

徐雲妮：「早晚要說的。」

時訣不耐，他站起來，點了一根菸，到窗邊站著。

「這個事我來處理。」他說：「妳不要管了。」

「怎麼處理？你要賠錢嗎？時訣，這樣很不理智。」

他回過頭：「那什麼理智啊？」他笑了，好像突然之間對這話題感興趣了，「來，徐雲妮，妳給我一個理智的處理吧。」

時訣打開窗子，歪著身子倚在窗框邊，一腳在身前屈著，煙霧使得他雙眸微瞇，模糊不清。

徐雲妮能感覺出，他周身帶著戒備感，也許是察覺到了不安全的因素。

她不希望他這樣。

徐雲妮起身，走到他身前。

「時訣，我們冷靜一點，你絕對不能背這個違約賠償。」她先把底線說了，「不能意氣用事，這會把人毀了的。」

時訣不說話。

「合約簽了就要完成，這事不是樂陽的責任。」徐雲妮說：「丁可萌跟我說了這裡面的利害關係，我覺得……」

她頓了頓。

時訣：「妳覺得什麼？」

徐雲妮說：「丁可萌說到時候，可能我家人也有被波及的風險。」

時訣恍然地挑起眉。

「……啊，原來妳是擔心他們啊，」他聲音漸冷，淡淡道：「那沒事啊，我解約了就沒人管了。」

「時訣，這個不是解約，是違約。」

「我用不著妳幫我普法。」

徐雲妮很不適應這種場合。

也不是不適應，她只是單單不適應跟時訣這樣。

這是第一次吧……他們爭吵。

雖然以時訣的性格永遠不會大吼大叫，她也同樣不會，這就註定了這場討論的壓抑氣氛。

徐雲妮：「這數字太誇張了，就算打官司，也要磨很久，而且降也降不了多少。」

時訣：「錢我來解決。」

徐雲妮：「你怎麼解決？」

時訣向窗外彈彈菸，看著遠方的大學校園，平靜道：「徐雲妮，承諾給妳的事，哪一件我沒有做到？」

徐雲妮一頓。

他承諾的事。

他很早之前說過，將來的麻煩事，他來考慮，大學四年，除了她太忙，強烈要求他不來，每一個月他都來見她了，少則三兩天，多則一兩週。

思緒上一筆帶過的，是一日又一日的點點滴滴。

他哪一項沒做到？都做到了。

但這跟他們討論的完全是兩回事，徐雲妮告訴自己，他們馬上要踏出校園了，人生才剛剛起步，他們不是拿浪漫當飯吃的年紀了，他們都沒有靠得住的家長，遇到困難，必須自己冷靜解決。

「時訣，我是這樣想的，」徐雲妮說：「你繼續跟樂陽他們履行合約，丁可萌說，他們為你準備的節目花了很多錢，非常用心。」

時訣沒有說話，也沒有看過來，一直望著遠方。

徐雲妮接著說：「我跟我媽聯絡了，等我畢業，就讓她出國，趙叔緩刑結束後也會去找她，他還有大概一年多的時間。這段時間我們不見面，往後再看情況，你就跟公司的人說，我們分手了。」

雖然有前文鋪墊，但「分手」二字真說出口的時候，徐雲妮的腦子還是白了一瞬。

「當然不是真的分，」她又說：「只是不見面，我們還繼續聯絡，明面上不影響你，將來只要我媽他們離開了，隨便怎樣都行。」

時訣還是沒說話，依然看著遠方。

徐雲妮：「我覺得這樣處理最好，你的想法呢？」

時訣的想法……

時訣其實沒有想法，在徐雲妮開始說這件事的時候，他就明白她的意思了。她說的內容，跟李雪琳說的、跟崔浩說的，其實都是同一回事。

也許，這就是所謂的成熟理性的處理辦法。

但是，人和人是不一樣的。

時訣說：「徐雲妮，妳覺得，我能忍受不見面的最長時間，是多久？」

徐雲妮沒回答。

時訣眼神向上，兀自思考了一下，說：「……目前我的人生極限是，四個多月？妳應該知道吧，都跟妳有關。」

而且，那還是沒有確定關係前，沒有擁抱前，沒有接吻前，沒有上床前。

現在，只會更短。

說真的，時訣很失望。

他討厭徐雲妮這樣一板一眼處理問題，她什麼都在意，在意她的家人，在意各自的發展，她當然也在意他們的關係，只是這排序和程度，讓他非常失望。

「徐雲妮，我也給妳兩個提議。」他說：「要麼我解約，我負責賠錢，以後我們還和之前一樣。要麼我繼續幹，妳不出門，只在家等我。」

徐雲妮說：「時訣，這不現實。」

「哪不現實？」時訣冷笑道：「我覺得這比妳那『這段時間不見面，往後看情況』現實多了。」

徐雲妮：「第一，底線是你絕對不能賠錢。第二，我們只要在一起，只要有人下定決心找證據，不可能發現不了的，你的公司也不可能同意的。」

時訣：「我看不是公司不同意，是妳不同意吧。」

他們反反覆覆爭論著。

徐雲妮一開始是想用認真誠懇的態度講道理，勸說他，他們一起商量一個好辦法，到最後則成了幼稚的拌嘴。

「只是一段時間不見，不是失聯，也不是分手，你為什麼這麼抵觸？」

「沒有一段時間，一旦分開了，就是分開了。」

「暫時的，我們忍一忍，等風頭過去就好了。」

「只對妳好吧。」

「怎麼能是只對我？」

「我不覺得哪對我好了。」

「那你想怎麼樣？」

「按我說的來。」

徐雲妮抱起手臂，深深吸了一口氣，說：「時訣，我不可能一直在家等著你。而你為了我，放棄自己想幹的事，背上巨額債務更不合理，這樣就算在一起了，未來也一定會有隔閡的。」

時訣把菸撚滅在窗框裡，轉過來，居高臨下看著她。

她已經很多年沒見過他臉上有這種表情了，帶著一點點笑意，卻更為涼薄。

「徐雲妮，妳說妳的理由，幹嘛總加上我啊？」

他的聲音也是如此，清澈、舒緩、涼絲絲的，這嗓音好聽得就像在唱歌一樣。

他看著她，時間一長，鋒利的視線卻變得越來越柔和，到最後，眼周泛著淡淡的紅，喃喃道：「徐雲妮，乾脆公平點，我們什麼都不要了，我帶妳走吧，我們去國外，找個沒人的小鎮，我們就靠彼此的懷抱過一生，行嗎？」

他這話，讓徐雲妮想起昨晚崔浩傳給她的訊息。

『那小兔崽子說他要帶妳去流浪！流浪！！！！他現在有點被他爸靈魂附體了！他什麼都幹得出來！妳要清醒點！』

徐雲妮上前半步，將他抱在懷裡，他們一同吹著晚風。

她在他耳邊輕聲說：「時訣，我們必定相伴一生，你相信我，你安心發展，用不了多久，我一定會到你身邊的。」

那些天，徐雲妮感覺自己有點精神分裂。

她有一半的精神，在理性思考，在思考一些麻煩事的處理，思考他們未來的發展。

而另一半精神，則在瘋狂渴求著與他沉溺歡愉。

他們極為少有——不對，應該說是從確定關係以來從沒有過的，相見，卻沒有上床。

徐雲妮往後的生涯裡，經歷過無數次協商談判，從來沒有像這次這樣矛盾。

她感覺自己既理性又無情，既偉大又毫不負責。

她與他談了一次又一次。

有時候兩人的腦子根本不在同個頻率上，徐雲妮理性地分析一番，找來各種論證，口乾舌燥，最後只換來他莫名一句：「徐雲妮，我對妳不好嗎？」

到最後，兩人都沒話講了，他們坐在桌邊，安靜地對著抽菸。

徐雲妮撚滅一根菸蒂的時候，心想，她該不會要染上癮了吧。

她論文的進度被耽誤了，他創作的進度同樣也被耽誤了。

他們各自陷在各自的想法中，誰也說服不了誰。

樂陽那邊催得緊，時訣要關機，徐雲妮說你別，你先回去，就按我說的，跟公司解釋。

時訣看著她，說：「徐雲妮，妳想好了。」

他說這話的神態，語氣，都像是要把一件事推往一個不可迴旋的深淵。

徐雲妮第無數次對他說：「時訣，我們不要這麼極端，你別被影響了，先好好工作，我完成學業，我們都先冷靜一下。」

時訣聽完，鼻腔輕出一聲，翻她一眼，拿著東西離開了。

時訣是個體面人，他生氣不會大吼大叫，更不會摔東西摔門。

徐雲妮聽著關門的聲音，深深呼吸，手扶著額頭，閉著眼睛乾坐了好久。

這是他們確立戀愛關係，四年以來，第一次不歡而散。

要麼不來，一來就來個最猛的。

往後幾天，徐雲妮依然傳訊息給時訣，但他都沒有回。

徐雲妮知道他肯定生氣了，她私下與崔浩取得聯絡，跟他說了這邊的事，崔浩說：『哈哈，他也被甩啦！』

「怎麼可能，」徐雲妮說：「我們沒有分手。」

『哎，暫時的嘛，委屈妳了啊，下次來我請妳喝酒。』

「你看好他，他最近情緒很亂。」

『我知道，他這幾天臉冷的，兩公尺內都沒人敢靠近。他就這個脾氣，他心裡想的別人怎麼說都沒用，他現在就是認定妳對不起他，等過段時間想開了就知道妳是為他好了。』

「好，有事你就聯絡我。」

時訣生了氣，徐雲妮的心情也不好，她努力調整，把一切精力都投入到畢業論文裡。

她順利完成了口考。

她順利畢了業。

夏天，校園裡充滿了濃郁的畢業季的氣息，大家在一起討論著未來，有人在實習，有人已經找工作了，有人則選擇繼續深造。

而七〇九室也到期了。

薇薇來收房子，一進屋就被這房間的精緻所震撼。

「這也太誇張了吧！」她說：「你們花了多少錢啊？」

徐雲妮說：「沒多少。」

薇薇：「時訣怎麼不在？」

徐雲妮本想說他有事，後來想想，說：「我們分手了。」

「啊？」薇薇震驚，「你們分啦？什麼時候啊？」

徐雲妮說：「畢業了嘛，各自發展，其實好久之前就分了，後來只是普通朋友。」

「哦。」

薇薇心想，大夥討論的果然沒錯，女大學生配無業音樂人，終歸是要一拍兩散的。嘖嘖，美好的夏日，談一場畢業就分手的戀愛吧。

徐雲妮是有意這樣講，她開始逐漸淡化在熟人眼中，她與時訣的關係。

七〇九室的東西，關於時訣的，徐雲妮都打包好寄去給崔浩，自己的則寄回家。她沒有回趙博滿的房子。

那邊現在空著。

趙博滿經考察機關批准，離開了原住地，現在跟李恩穎一起，住在徐雲妮外婆家。

徐雲妮假期也直接回去那邊，外婆家人比較少，算是一個封閉的小圈子，每日喝喝茶，種種菜，李恩穎和趙博滿逐漸平穩了曾經驚弓之鳥的心態。

徐雲妮單獨找到李恩穎，問她出國的事。李恩穎說她還在猶豫，想等趙博滿一起。

「不行，」徐雲妮斬釘截鐵道：「妳馬上走，妳放心，明年我會把他送出去的。」

「為什麼非得這麼急啊。」

「媽，這邊妳還沒待夠？」

徐雲妮並沒有跟李恩穎說過時訣的事。

大一的時候，她與時訣沉浸在甜蜜之中，不想被家長打擾。大二的時候，他們各自的事情都多了起來。而大三，趙博滿就出事了。

徐雲妮說：「案子牽扯這麼廣，妳不怕有事再被挖出來？」

她這麼一說，李恩穎馬上擔憂起來，說：「好好好，我下個月就走。」

對於李恩穎提前出國的事，趙博滿舉雙手贊成，他甚至勸徐雲妮跟李恩穎一起走了。

「妳也別留國內了，」他說：「去國外發展吧，我在外面還有點人脈的。」

徐雲妮說：「我跟同學約好了畢業旅行，等玩完了再看吧。」

她也住在外婆家，這裡位處市郊，是一個小別墅，帶著菜園。

有一天晚上，外婆說想吃番茄，徐雲妮拿著手電筒去菜園裡摘。

她摘到一半，手機震動，她拿來一看，居然是時訣打來的電話。

好長時間了，她傳訊息他完全不回，這是他第一次主動聯絡她，徐雲妮非常不矜持地，手裡番茄掉了一地。

她接通電話。

『徐雲妮。』

時訣一張嘴叫她的名字，徐雲妮就知道他喝醉了。

電話裡有嘈雜的人聲，徐雲妮仔細分辨，像是慶祝的場景。

他說：『徐雲妮，來見我。』

他們太久沒有說過話，徐雲妮思念他的聲音，尤其這種醉酒之中，低啞沉緩的嗓子，就這麼短短幾個字，她的後背都燙起來了。她知道自己現在不可能去見他，但為了多聽幾句話，她還是問了他：「你在哪？」

時訣喝得很暈，吐了幾個不清楚的字，然後跟周圍的人打聽地址。

徐雲妮也聽到了，那是他們那邊一個文化園區，有許多錄製單位和攝影棚。

時訣又說了一遍。

徐雲妮說：「有點遠。」

時訣問：『有我去妳學校遠嗎？』

沒有。

完全沒有。

徐雲妮有點控制不住了，她好想現在，立刻，馬上，搭車去機場。

她緩緩吸了一口氣，說：「時訣，你周圍人很多，說話注意一點。」

時訣低聲說：『來見我，不然妳就永遠別想再見到我了。』

徐雲妮拿著手機，低下頭。

她看著地上滾落的番茄，說：「時訣，我現在不能去見你。」她還想跟他聊，她問他，「你的節目錄製結束了嗎？工作順利嗎？你別喝太多酒。」

他不說話。

她聽著他的呼吸聲，越來越重，一下又一下。

徐雲妮差一點就撐不住了，她剛想約他見面，電話掛斷了。

她在原地站了好久，直到二樓窗臺打開，外婆朝下面喊：「妮妮！怎麼這麼慢？別餵蚊子呀。」

她彎腰撿起番茄。

挑了一個晴空如洗的日子，徐雲妮去探望了徐志坤。

他葬在城東的公墓裡，當時置辦墓地，花了不少錢，選了個半山腰的位置，算是個「獨門獨戶」，據說這處風水特別好，視野開闊，眼神好的人，能從山坡望見遠方的皇陵。

她獨自一人去給徐志坤掃了墓，上了香。

她帶了他喜歡的白酒，還陪他一起抽了根菸。

她與徐志坤聊了一下天，她說爸，我交了個男朋友，本來畢業我想帶他來見見你的，但他現在太忙了，是個很帥的男生，我這輩子見過的最帥的人，又有才華，會唱歌，會跳舞，笑起來眼睛是彎的，又黑又亮。哦，對了，菸是我讓他教我抽的，不是他帶壞我。

下個月，李恩穎順利出國。

她走前跟徐雲妮說：「跟同學玩夠了就來找我。」

徐雲妮說行。

外婆也來送李恩穎，讓她在外面注意身體，回來的路上，外婆跟徐雲妮聊天，說出國了也放心，妳舅舅一家定居國外，還有不少朋友，將來妳去發展會比較順。

徐雲妮「嗯」了一聲。

外婆嘆了口氣，又說這人吶，都快走光了。

徐雲妮拉著她的手，說我還沒走呢。

入秋之後，某一天，徐雲妮打了個包裹出發了。

她開始進行她口中的「與同學的畢業旅行」。

當然，同學是沒有的，徐雲妮只帶了個小包，她的目的地是徐志坤的老家。

一個中型城市，已經是非常非常西部的地區了，面積超大，但人口不多。

徐雲妮是第一次來這裡，按照記憶裡徐志坤對家鄉的描述，這是一個非常美好的地方——就是窮了點。

徐雲妮感覺自己去的不是時候，遇到沙塵暴。

這邊氣候乾燥，又漫天黃沙，徐雲妮在飯店待了四五天都不敢出門。

城市附近的旅遊資源非常多，徐雲妮原本計畫找個當地的旅行團，但她又不想在這漫天風沙中體驗徐志坤曾經長大的地方，她想等天氣好一點再玩。

結果這一等起來沒完沒了。

徐雲妮找飯店的人問，人家說，這裡就是這樣，一旦開始颳，短則一兩週，長則一兩個月，都是它。

徐雲妮較上勁了。

一直在飯店住也不舒服，她乾脆在網路上找了個短租的房子。

搬進去的那天有點意外。

她收拾好東西入住的時候已經是晚上了，屋裡東西不太全，她下樓去買。

這裡跟大城市不同，沒有什麼便利商店，都是自營的小店，不過好在徐雲妮選的地方很熱鬧，大街上好多攤販，周圍還有夜市。

徐雲妮買了東西回家，走到社區門口，忽然看見有個女人倒在昏暗的路口，她連忙跑過去。

女人體型胖，徐雲妮怕她是突發病症，不敢大動，準備叫救護車。

這時，女人迷迷糊糊起來了，「……哎呀，我暈過去了？」

徐雲妮問：「妳沒事吧？」

女人臉上慘白，直流虛汗，擺擺手：「沒事，餓的。」

徐雲妮頓了頓，把剛買的東西拿出來，說：「是低血糖嗎？吃點水果？」

女人還是說不用，但她眼睛瞄到什麼，伸手進去，「切糕可以給我吃一點嘛……」

「行。」

徐雲妮剛要掰開給她，旁邊傳來一道聲音，「哎！妳還減不減肥了！」

徐雲妮轉頭，看見一個男人走過來，穿著拖鞋，趿拉趿拉地走過來。

男人個子很高，留著平頭，外形看起來硬朗粗獷。

他指著女人，說：「是妳自己發毒誓的啊，說破戒就剃光頭！」

徐雲妮對他說：「她剛才餓到暈倒了。」

男人轉頭，瞧瞧她，聲音放低點，說：「這不是醒了嗎？妹子妳不知道，妳只要給她嘗一點，妳這一袋都保不住！」

「行了！」女人不耐煩了，「哪裡都有你！該上哪上哪去！滾滾滾！」

她把男人罵走，然後坐在路邊，還真的把徐雲妮那一袋東西都吃了。

她吃飽喝足，要給徐雲妮錢，徐雲妮沒收。

兩人說著話，一起往社區裡走。

結果走著走著，發現走到同個地方了。

居然是鄰居。

「哎呀！巧了呀！」女人高興地說：「妳租了這房子啊？」

「對。」

女人爽朗地笑道：「那以後妳有什麼事就找我！我叫杜佳，剛才妳看見的那個男的是我弟弟，叫杜威！」

徐雲妮回到屋子，簡單收拾了一下，然後洗了澡。

晚上，她沒什麼休閒活動，很早就躺在床上了，拿出手機，傳訊息給時訣。

『我今晚在路邊碰到個減肥把自己餓暈的女人，她把我買的東西都吃光了，不過特別巧，她居然是我鄰居，她嗓門超大……』

她打了一些瑣事，螢幕上，一排都是她自己的發言。

她就這麼靜靜地看著這螢幕，很長時間。

她睡不著覺，起身整理物品。

她想再次制定旅行計畫，拿出本子，隨手一翻，停在一頁。

徐雲妮曾經有過一段擺爛的日子。

他一直陪著她。

他曾經寫過一首玩笑般的歌，代入的是徐雲妮的視角，描述的就是那段時光——

他拉著我的手 走過灑金的河，

擠著人群看煙花，

去爬山，

去下海，

去古鎮裡品名茶，

他在夜遊的畫舫裡為我彈琵琶，

他是那樣完美啊。

他寫這首歌的時候，徐雲妮在身旁看著，他們在風景區的飯店裡，房間臨江，外面是如夢如畫的江畔夜景，放著悠揚的音樂。

徐雲妮看他寫最後一句，說：「你怎麼代入我還不忘了誇自己？」

他趴在床上，一手拿著筆，一手夾著菸，說：「妳不是這麼想的嗎？」

徐雲妮斜眼看他。

他老神在在地說：「妳一定是這麼想的。」說完，甚至又故意往上加一句——

我要纏他一世啦。

徐雲妮撲哧一聲，壓到他寬厚的背上，他笑著說：「哎，床單燙壞了，妳賠哦。」

歌詞下面，時訣用飛揚的筆跡寫下歌名，〈男朋友〉。

徐雲妮拿本子的手逐漸抖了起來，她拿出菸——他常抽的菸，沉浸在熟悉的氣味裡，努力平復情緒。

她走到窗邊，抱著手臂，望著陌生的城市的夜，片刻，她輕「呵」一聲。

太突然了。

她心想，人可以冷靜、理智、成熟地對待一切事情，除了愛。因為，太突然了。

因為這一袋食物的緣分，徐雲妮跟杜佳相識了。

杜佳說徐雲妮是「救命之恩」。

杜佳今年三十一歲，在政府部門任職，她弟弟杜威今年二十六，他們下面還有一個妹妹，叫杜爽，今年十八，但已經不念書了，在工廠裡工作。他們連帶著父母，一家五口住在一起。這家人除了杜爽很內向，其他人嗓門都不小，有時候說話像吵架，真吵起來就更誇張了。

有時候會吵到徐雲妮睡不著覺，她很懷疑會不會有人投訴擾民。後來住久了才知道，第一，這種社區幾乎沒人投訴，第二，投訴也沒用，杜威就是負責這一片的警察。

杜佳很喜歡徐雲妮，有事沒事找她說話，徐雲妮說想找旅行社玩，杜佳說妳找什麼旅行社，容易被坑，我帶妳玩。

她們出門玩，有時候杜威也會跟著，主要是為了蹭他姐的飯。

杜佳喜歡聊天，而徐雲妮尤其擅長陪人聊天，一陣子下來，他們越來越熟，碰上姐弟倆下班早，經常喊徐雲妮在樓下小餐館一起吃飯。

基本都是徐雲妮和杜威吃，杜佳在旁邊看著。

徐雲妮說：「妳一口都不碰嗎？」

杜佳說：「我減肥，我爸媽催得太厲害，覺得我年紀大了，現在好不容易交了一個男朋友，感覺還不錯，必須減下來。」

杜威說：「妳快點成功吧，家裡都要擠死了，能搬出去一個是一個！」

杜佳就罵：「那他媽怎麼不是你搬出去呢？我至少有個對象，你呢！」

杜威說：「妳以為我跟妳似的？我是工作忙，沒有看上的，追我的女人十個手指頭都數不過來！」

說著說著，兩人又要喊起來。

徐雲妮連忙說：「這種事不能太著急，太急容易出錯。」

杜威說：「嘿，這倒是真的，這男的父母見到兒子一百多公斤的女朋友，一句話都不說，還說快點結婚，確實問題不小。」

杜佳一巴掌拍在杜威的腦袋上，差點沒把杜威的臉拍進麵碗裡。

在那之後，杜佳總找徐雲妮聊她男朋友，後來有一天，她要跟她男友見面，想把徐雲妮叫上，幫忙看看。

徐雲妮就跟著去了，杜佳男友瘦瘦高高，長得斯斯文文，還挺帥氣。

他們還去他家裡吃了飯，父母非常熱情，招待了她們。

吃完飯出來，杜佳問她：「妳覺得怎麼樣？」

徐雲妮想了想，說：「他們家保險櫃好多。」

「確實……」杜佳拉著她小聲說：「我第一次來的時候也發現了，難道他家很有錢嗎？可我男朋友平時摳門得很呀！是不是要進門了才能花？」

徐雲妮說：「剛才臨走前，妳男朋友跟他父母要錢，他爸開了那個大保險櫃，裡面居然還有一個小保險櫃。」

杜佳說：「藏得真嚴。」

徐雲妮說：「妳不是說他是獨生子嗎？」

杜佳：「是呀！」

徐雲妮：「獨生子，而且這麼大了，父母怎麼會這麼管錢呢？」

她這一說，杜佳也起了點疑心。

後來她男朋友約她去唱歌，杜佳又把徐雲妮叫上了，包廂裡人不少，然後她男友跟朋友中途出去的時候，徐雲妮碰碰杜佳，也跟出去了。發現他們在另一個房間裡，正在吸東西，又往酒杯裡放東西，那正是杜佳點的雞尾酒。杜佳倒吸一口氣，大罵一聲，當即就衝過去，徐雲妮連忙聯絡杜威。

杜威到的時候，杜佳正跟她男友在打架，徐雲妮扯著杜佳往後拽。

杜威上去就是一腳，把杜佳男友踹飛了。

杜威還帶著朋友，像是同事，趕緊說：「哎，注意出警規範。」

杜威罵道：「誰他媽出警了！老子下班了！」

杜佳失戀了。

她拉著徐雲妮狂喝了幾天酒。

她那幾天狀態不好，工作受到影響，杜佳在政府的小部門任職，負責一些雜事，她身體虛，又被失戀一刺激，眼睛就發花。徐雲妮看她工作不複雜，只是繁複，就主動幫她做了一些。

這樣下來，杜佳簡直把徐雲妮當親妹妹看。

「妳比小爽強多了！唉，小爽太內向了，都不怎麼跟我們說話。」

時間過得很快，一個月、兩個月。

李恩穎打電話來，問徐雲妮有沒有玩完，打算什麼時候去她那，徐雲妮說再等一陣子，她準備在國內考個駕照。

她打聽駕訓班的事，杜威說他來幫忙。

杜威門路還挺廣，在他的幫忙下，徐雲妮只花一個多月就拿下了駕照。

天越來越冷，很快入冬了。

徐雲妮一晃待了好久，杜佳看她天天待在家裡，說：「妳這麼待著無不無聊啊？」

「無聊，」徐雲妮實話實說：「我想幹點什麼。」

杜佳：「那妳乾脆找個工作得了。」

徐雲妮：「什麼工作，我不熟悉這邊，妳有好的幫我介紹介紹。」

杜佳：「行，我幫妳打聽。」

杜佳連續幫徐雲妮找了幾個工作，徐雲妮都沒答應。

連杜威看了都嫌棄：「妳找的都是什麼破工作，服務生人家能幹啊？」

杜佳說：「妳待的時間短啊，只能找打工，要是時間長我就幫妳找找好的。」

徐雲妮笑著說：「妳先找找我看看。」

過年的時候，杜佳把徐雲妮帶回家裡吃飯，吃完飯，杜佳父母睡下，他們三個，還有被強拉著的杜爽，一起出門玩。

杜威開車，他們一行四人，來到極偏遠的沙漠。

最後越野車停在沙地上。

他們帶了酒，帶了燒烤用的爐子和炭，越野車開著大燈，杜威點了一團篝火。

杜佳說：「這是我們小時候常來玩的地方，我們在這放煙火。」

他們在空曠的沙漠中喝酒，吃燒烤，放鞭炮。

杜爽話少，自己看手機，裡面有歌聲。

杜佳說：「別自己聽啊，讓我們都聽聽唄。」

杜爽就用手機連上車載藍牙，放著新年歌舞晚會。

徐雲妮拿著酒瓶，眼中躍動著燃燒的篝火。

有一個人出現的時候，杜爽再次放下烤肉串，拿著手機仔細看。

杜佳問她：「誰啊？這麼高的歡呼聲。」

杜爽小聲說：「亞賢……」

杜佳不認識：「明星嗎？」

杜威看不上：「天天就喜歡追這些破東西，妳多參加參加社會活動，開朗點！別那麼自閉！爸媽真是白幫妳取這個名！」

杜爽一句話也不說。

車子的大燈照亮了一座沙山，徐雲妮拎著酒瓶往那邊走。

「要爬嗎？」杜佳看見，興致勃勃地說：「比賽吧！我們小時候經常比。」

他們開始爬沙山，沙子山超級難爬，上一步會退回八成，極其消耗體力，杜威爬得最快，杜佳也比徐雲妮強點。

快到頂時，徐雲妮手機響起，李恩穎打來電話，問她的情況。

徐雲妮累得上氣不接下氣，說：「我在……在爬山呢。」

『啊？爬山？國內現在幾點啊？』

「晚上十一點。」

『妳十一點爬山？』

徐雲妮「嗯」了一聲：「跟朋友玩。」

李恩穎說：『都過年了，還沒玩夠啊，什麼時候來啊？』

徐雲妮終於爬到了山頂。

明明冰冷的夜晚，她卻爬出一身汗。

她心跳極快，喘著粗氣，抬起眼，忽然一震。

星羅密布，天河倒掛。

月懸黃沙，望斷天涯。

她的身心在一瞬間抽緊，腦中空靈一片。

「……哈，哈哈。」她睜大著眼睛，突然笑了出來。

他的歌聲就在她身後，渾然空遠。

李恩穎聽見，問她：『妳笑什麼呢？』

她想起徐志坤的話，他說妮妮，爸爸的家鄉很漂亮。

李恩穎又問：『妳什麼時候過來啊？』

徐雲妮說：「玩完就過去。」
她掛斷電話。
杜佳看著她：「誰啊？」
徐雲妮：「我媽。」
杜佳：「哎呦，妳過年不回家，妳媽肯定要問啊。」
徐雲妮說：「這也是家。」
「啊？」杜佳一愣，「這嗎？妳要留在這邊嗎？」
一旁抽菸的杜威瞧過來，連忙說：「妳要工作啊？那妳快幫她介紹個好點的啊。」
杜佳犯愁道：「這邊像樣的工作根本沒幾個。」
徐雲妮問杜佳：「你們那怎麼樣？」
「我們那？」杜佳不懂，「我們哪？」
「你們那裡。」
「……」杜佳瞪眼，「開發區農業農村局啊？那要考公務員！」
「考唄。」
「啊？」杜佳又愣了一下，「妳說真的啊？我的媽呀，聞所未聞！我們這厲害的人都往外跑，妳這大城市的人還往我們這來，都是些養老躺平的。」
「躺平好，我最不擅長鬥爭。」

「沒發展啊！」

「先找個事幹幹唄，能不能考上還不一定呢。主要是，」徐雲妮一本正經道：「我喜歡這裡的特產。」

杜佳疑惑：「特產？什麼？」

徐雲妮：「沙子。」

杜佳：「……」

徐雲妮哈哈兩聲，看向遠方。

距離與時訣分別，已經過去半年多了。

她偶爾詢問崔浩關於時訣的事，崔浩說他現在行程太忙，像個陀螺似的，好久沒回SD了。

徐雲妮漸漸理解了他當初的那句話，一旦分開了，就是分開了。

他對很多事，都有一種天然的直覺。

徐雲妮有時會有點懊惱，早知道那天是最後一面，她就少講幾句大道理了。

怎麼總那麼掃興呢。

杜威站在一旁，看著徐雲妮的臉，感覺她的眼睛有些紅，是冬風太過凜冽了嗎？

但風吹起她的黑髮，神情又似輕紗，飄渺朦朧，淡而婉愉。

杜威問她：「妳冷不冷？抽菸嗎？」他拿出菸包遞給她。

她說：「我只抽一個男人的菸。」

杜威沒聽清：「什麼？」

雲下的風沙，茫茫一片。

月被雲遮住，雲被風吹走，只待片刻，再度相逢。

緣聚緣散，緣散緣聚，恰如雲水。

徐雲妮下了沙山。

杜佳和杜威聊著天，杜佳走到杜爽身邊，說：「妳怎麼哭了？」

杜爽拿著手機轉過身。

杜威不信，湊過來要看：「大過年的妳幹什麼啊？妳聽歌能聽哭啊？」

杜爽背對著他，徐雲妮攬住杜爽的肩膀，擋住杜威的路，說：「我聽歌也會聽哭的。」

杜威說：「妳們真厲害！」

徐雲妮說：「怎麼了，人被觸動了就是會哭嘛。」她拍了拍低著頭，把臉躲在厚厚瀏海後面的杜爽，「妳哥什麼都不懂，我們都是有藝術細胞的人！」

杜佳對杜威說：「還是年輕人比較有共同語言。」

杜威罵：「我也是年輕人好吧！沒過三的都是年輕人！」

杜佳一拳就過去了。

他們一起收拾篝火。

徐雲妮抬起箱子，一仰頭，又見星空。

她心中說，班長，我好像提前一步找到瑞索斯星了。

我心安定了。

你呢？

第二十四章　銀魚組曲

人心總在尋求安寧。

要為崩塌的情緒找出口，然後再試著重建。

這個過程對於時訣來說，更為漫長一點。

有些負面情緒就像棉被上滋生的霉菌，其實曬曬太陽就能好，但是，如何找到太陽，這是個難點。

生活的地圖裡不可能處處晴朗，如果是，那被子也不會生霉菌了。

也許就像崔浩所說的，徐雲妮比時訣更聰明，更成熟，她總是能先一步找到自己的陽光。

那時訣呢？時訣也不傻，有時他不是找不到，只是不找而已。

對他而言，生了霉菌的被子，就該直接丟掉。

在時訣的觀念裡，他跟徐雲妮已經結束了。

他從七〇九室回到ＳＤ，他現在已經不怎麼在店裡上課了，大家跟他接觸得少，沒人發現問題，他還是跟以前一樣，偶爾跟學員們說說話。

他去樂陽，把節目做完。

繁忙的工作填滿了他的生活，他只偶爾回家看看吳月祁，其餘時間不是在攝影棚，就是在錄音棚，因為作息過於誇張，他怕影響吳月祁休息，直接住在公司附近的飯店。

他日理萬機，無暇他顧。

然後某一日，崔浩打電話給他，說徐雲妮把他的東西寄回來了，讓他去取。

時訣聽到這名字，正往公司走的腳步停下了，站在馬路中間很長一段時間，直到有人按喇叭。

『……喂？你聽見沒？』

「聽見了。」他說：「扔了吧。」

『啊？扔了？』崔浩說：『東西不少呢，你不要了嗎？』

「不要了。」

結果有一天，時訣回到SD，在門口看見一輛小貨車，他沒在意，進店後往休息區走，碰到裡面兩名搬家工人正在弄什麼。

他過去一看，居然是那兩張棕色的真皮雪茄椅。

時訣當時在抽菸，看清這兩張椅子，眼前瞬間就被菸燙了似的。

魏芊雯在旁邊監工，見時訣一直盯著這邊，說：「你哥安排在這的，怎麼了？放這是不是挺高級的？」

時訣：「嗯，高級。」

他轉身就去二樓。

崔浩回來的時候，時訣正在二樓舞房的窗邊抽菸。

「怎麼樣啊？」崔浩跟他聊，「你那邊順利嗎？」

時訣轉頭看他，崔浩頓時一愣，說：「你怎麼瘦這麼多？」

時訣快一個月沒回來了，看起來有明顯變化，面容和氣質都在原有的基礎上，精細了不少，像是被裡外打磨了一遍。

但這不是關鍵，關鍵是他瘦得太多了，少說掉了五公斤。

崔浩：「為了上鏡嗎？瘦太快不好吧。」

時訣沒接話，反問：「樓下在幹什麼？」

「什麼樓下？你說沙發嗎？」崔浩說：「你不是不要了嗎？我看那沙發品質挺好的，正好放休息區，怎麼了？你要留啊？」

時訣看著他不說話。

崔浩：「你是不是最近壓力有點大？別繃太緊了，你把自己的事做好就行，紅不紅有時候看命！」

時訣依然沒說話。

崔浩說：「你真的不能再瘦了，沒有親和力不適合在這圈發展。」

時訣緩緩吸氣，轉過身接著抽菸。

「對了，你跟小徐聯絡了嗎？」崔浩走過來，「你多聯絡，我跟你說，像你們這種異地假分手，如果不好好維護，搞著搞著就成真了！」

時訣低下頭，把菸撚了，「我先走了。」

「你好好聽聽我的話！哥是過來人！」

時訣往外走，到門口的時候，忽然回頭問了句：「哎，過來人，暖兒回國了嗎？」

崔浩腦袋「嗡」的一聲，血壓瞬間就上來了。

時訣直接走了。

崔浩在後面罵：「不識好人心！」

崔浩知道，時訣沒有完全從徐雲妮這事裡走出來，這使他經常間歇性發作。但沒辦法，時訣是個很難被人安慰的人，除了他自己想通，誰也不能說服他。

那之後，時訣很久沒去ＳＤ，因為不想看見那對沙發。

這是他一貫處理難受的方法，眼不見心不煩。

他把那發霉的被子塞進衣櫃，壓在箱底，想讓它從他房間裡澈底消失。

但其實，這被子只是從視野中暫時不見了，客觀講一直存在，並且，隨著積壓的時間越長，被子上的霉菌只會加快速度滋生蔓延。

剛從徐雲妮那回來那陣子，時訣經常深夜無故醒來。

他坐在飯店的床上，萬籟俱寂，空無一人，霉菌就開始從皮膚浸入體內。

那種感覺突如其來，抵在胸口。

在黑夜裡，他會控制不住地回想過去那四年。

四年。

他一共去找了她幾次？

那時他去找她，很多時候一天下來，只在飛機上睡那麼一下，但精神卻異常飽滿。那時他心裡有根線，一直牽著他，告訴他，這種日子四年就結束了，他抱著來一次少一次的心態，珍惜每一次跨越千里的機會，因為以後想有異地相見的體驗都難。

呦，太難了呢。

想到最後，時訣會笑出來。

他去洗手間用冷水洗臉，抬眼看著鏡子裡的自己，怎麼看怎麼像他爸臨死前的那副慘樣。

看久了，他會生出極其複雜的情緒，抽菸，喝酒，幹什麼都無法緩解。

更加諷刺的是，這個時候，他會想——如果有個擁抱就好了。

然後他就越發覺得自己無藥可救。

而這感受，在出了飯店會好很多。

因為外面有太多事情占據他的腦子。

樂陽準備的音樂綜藝叫《音何啟航》，說是為他打造的，其實不儘然，這跟《舞動青春》差不多，算是姐妹節目，也是面向年輕人的教育類綜藝。這比《舞動青春》更專業，節目注重原創，來的很多都是音樂生。節目給出選題，考驗大家的創作能力，積分制，不淘汰人，主打交流學習，風格碰撞。

時訣並沒有以導師的形式加入，三名導師都是已經成名的唱作人，時訣算是助力人員，像他這樣的還有四個，都是已經出過大紅歌曲，但卻沒怎麼露過面的幕後人員，主要幫忙自己小組的人整合，有缺失的部分，幫忙補充。

樂陽唯一幫時訣開的後門，就是讓他提前挑選了組員。

時訣聽了全員的聲樂資料，選了幾個人。

節目出來，走向出人預料。

時訣的歌聲算不上吸引人，但他作歌的過程卻引發了極大關注，當然，還有他的臉。

樂陽的高層曾經討論過，時訣的聲樂條件稱不上最好，他最精華的地方其實在於他有敏銳的音樂洞察力，而且接觸面很廣，非常擅長將不同元素融合在一起。在錄音的時候，尤其樂器錄製的時候，他展現了誇張的實力，別人大多只能拿把吉他，最多再彈彈鋼琴，但時訣能掏出多種樂器，基本靠一個人，就將編曲內的樂器全部實錄。

很難想像，一個彈吉他的人，同時還會拉二胡，甚至還會吹長笛。

節目裡有人問過，他怎麼學這麼多樂器，時訣說，是小時候家裡讓他學的。

這種舉重若輕的表現分外迷人。

時訣還有一個優勢，他能準確抓住組員想要展現的東西，有一些人不善口舌，結結巴巴跟他說了一下，他就能做出他們想要的效果，他有這種敏感性。

錄製過程很順利。

節目錄製結束那天，時訣又回了SD，他本來想去歇一歇，結果一進店，看見休息區裡好幾個會員聚在一起，有的坐在沙發上，有的靠在沙發旁，正在聊天。

那椅子在七〇九室用了四年，嶄新如初，放這才這麼一陣子，就像要磨掉皮了似的。

會員看見他，笑著打招呼：「時老師！你好久沒來啦！」

時訣也笑著說：「最近事情多。」

他們聊了一下，時訣就走了。

出了門，時訣順著長街一路走，走了不知多久，一抬頭，已經走到了不認識的地方。

李雪琳打來電話，說團隊聚餐，讓他快點過去。

時訣在餐會上喝了很多酒，他在心裡計算時間，恍然發現，原來一轉眼，又一個四個月過去了。

算出這個時間，時訣一直緊繃著的弦終於有點到極限了。

他又喝了幾瓶酒，然後掏出手機，打電話給徐雲妮。

他想見她。

結果可想而知。

那天半夜，時訣就在這濃烈的酒氣中，發了一個幼稚的誓言——不都說為了他好嗎？行，他一定不負眾望，他一定功成名就，一定飛黃騰達。

時訣註冊了一個新的帳號，舊的那個再也不登錄了。

從那天起，時訣一頭扎進了事業中。

事業能給人慰藉嗎？

不好說，但分散注意力絕對是夠的。

等《音何啟航》節目正式播出，時訣瞬間被工作淹沒了。

他吸引了很多關注，同樣也引來了閒言碎語，他以前很多事都被挖出來了，自然也包括徐雲妮。

有人好事去他以前演出過的酒吧打聽，打聽的結果是兩人早分了。

粉絲瞬間反撲黑料，說他明明是被牽連的，帶風向的人真該死！

節目還沒播完，就要過年了，時訣收到一個地方電視臺的演出邀請，晚會規模不算大，但對於一個新人來說，已是相當不錯的資源。

李雪琳興奮地說：「明年絕對會有更大的舞臺等著你。」

時訣演出結束，在晚會後臺的洗手間裡，碰到一個人，是《音何啟航》節目組的一個很紅的選手，叫英暉。他也被邀請演出，英暉與時訣同歲，科班出身，實力強勁，說話非常直白，雖然關注度不如時訣，但也以犀利的風格吸了不少粉。

有人在跟英暉聊天，聊《音何啟航》這個節目，自然而然就聊到了時訣。

英暉說：「他早期的歌，像〈FACE〉那些，很注重旋律，現在在節目裡的太取巧了。」

另外一人說：「哦，你是看重旋律的，不過他的歌很紅欸。」

英暉：「你不懂，他的歌很挑歌手，他太依賴音色和節奏了，他的組裡湊巧都是音色好的人，要是換成普通水準的歌手唱，絕紅火不了。」

時訣直接推門出去，到洗手檯前洗手。

那兩人不說話了。

「繼續說啊。」時訣主動道。

另外一人有點尷尬，英暉倒沒什麼，說：「我說的也沒錯吧。」

時訣轉過頭看他。

英暉：「你就是在用奇特的音色和節奏規訓聽眾。」

「喲，規訓，」時訣轉過頭，笑道：「那我應該用什麼寫歌呢？你那些被人用爛了的和絃嗎？」

英暉臉色一變：「你說什麼？」

時訣一手撐著洗手檯，一手叉著腰，面朝英暉，淡淡道：「提取音色是需要技術的，好旋律不等於好歌，更何況，不會真以為你那叫『好旋律』吧。」

說完，他留下這二人，離開洗手間。

過年的夜晚，時訣的心情莫名糟透了。

他回到飯店，李雪琳跟他說了明後天的行程，他一句也沒聽進去。

英暉的話就像鞋子裡偶然進去的石子，不疼不癢，但磨得人心煩。

時訣在屋裡走來走去，又找不到什麼事幹，叫人送酒過來。

他喝了半瓶紅酒，還是煩，一偏頭，看到了桌上放著的手機。

他盯了好久好久，一個詭異念頭冒了出來。

要不然，乾脆以毒攻毒吧。

他重新登上了以前的帳號。

一瞬間，四方八面跳出無數訊息。

時訣只穿著浴袍，坐在套房客廳的沙發上，趕了巧似的，他剛登錄以前的帳號，徐雲妮就傳來新的訊息。

一張圖片。

時訣點開，那是徐雲妮在篝火前的自拍，她歪著身子，手裡拿著瓶打開的啤酒，貼著臉頰，抿著嘴笑。

她身後，還有幾個人的身影，有男有女，都是他不認識的人，也在說笑，大家玩得開開心心。

時訣看了一下，把手機丟一旁，收起右腿踩在沙發上，瞇著眼睛抽菸。

抽著抽著，他「呵」了一聲，翻著眼睛偏開頭，也不知是翻給誰看的。

如何才能緩解煩心？

生活給你答案——只要出現另一件煩心的事就行了。

其實嚴格來說，時訣的煩心並沒有得到「緩解」，只是注意力被轉移了。

但多少算有個新角度。

所以，從某種程度上講，時訣應該感謝英暉，他也應該感謝徐雲妮，因為在未來很長一段時間裡，時訣就靠著這兩人輪流掩耳盜鈴，當其中一個人讓他忍受不了的時候，他就去看看另一個人，在這種自虐式的處事模式下，逐漸找到一種平衡。

從《音何啟航》開播第二期開始，網路上就有關於時訣與英暉誰更厲害的討論，到了後期，這種討論成了這個節目最紅的話題。

節目組當然不肯放過這種熱度，他們分別採訪了時訣和英暉，詢問他們對對方的看法。

時訣的說法是，大家方向不同，受眾不同，風格沒有高低之分。

而英暉就比較直了，他對節目組說的，跟在洗手間裡說的一樣。

一石激起千層浪，大家討論得越來越多。

到最後，觀眾就分幾個陣營，一部分是只聽歌什麼都不管的，一部分是站隊吵架的，還有一部分看熱鬧不嫌事大，更有甚者，還有拉他們兩人郎配的。

英暉中等個頭，人很瘦，長相平平常常，氣質跟說話風格差不都，十分犀利，有點沉鬱的特徵。

而時訣正相反，高大俊美，細眉深目含情眼，逢人便帶三分笑，放鬆寫意，一派風流。

這誰能不嗑？

他們本人就不嗑。

這兩人其實對對方都有看法。

英暉始終覺得，時訣寫歌取巧，聽眾水準低下，他的音樂根本配不上這麼高的熱度。

而時訣一開始說的是風格沒有高低之分，但在聽了英暉種種發言之後，心裡就剩一句話——我真給你臉了。

他們像較著一股勁似的，即使節目都結束了，也是暗潮湧動，甚至很多節目都有意邀請兩人，炒一炒熱度。

前期樂陽還會借一分勢，後面時訣的人氣越來越高，公司開始避免兩人相見。

再後來，又有一個節目組找來。

這次的節目並不是創作類的，只是單純唱歌，但是投資不小，製作精良，問時訣有沒有意向。當時英暉已經確定要參加節目了，並表示只唱自己原創曲目。李雪琳不讓時訣參加，說沒必要。

網路上好多人討論，有ＣＰ粉說你參加啊，這麼好的機會能一同上臺不要錯過啊！千萬要突破狗公司的束縛啊！有毒唯發言說哥他就是純純的吸血怪！抓著你蹭！噁心死了！你千萬不能去！去了脫粉！

還有一些看樂子的，說你別怕，是不是被英暉說中痛點了啊？

時訣不怎麼關注網路上這些言論，架不住他們總有找到他的方法，每收到一則訊息，他就關閉一個網路管道，到最後，關得只剩下聊天軟體，基本斷網了。

李雪琳怕時訣上頭，勸他說，別在乎網路上這些聲音。

時訣說：「我沒打算去。姐，公司有其他人要去嗎？」

李雪琳說：「有，怎麼了？」

時訣：「誰去？讓他唱我的歌。」

李雪琳說：「阿京。」

時訣坐在公司三樓的咖啡廳裡，聞言不自覺地偏開頭。

想了一下，他最後還是把這口屎咽下了。

他把菸撚在菸灰缸裡，說：「行，我來做他的曲子。」

李雪琳驚喜道：「真的啊？」

對於阿京來說，他最近熱度下來了，正在發愁，忽然聽聞時訣要幫他寫歌這個消息，半夜找到飯店千恩萬謝，激動得差點沒哭出來。

「哥，我們以前有過節，我還以為你會記恨我呢！沒想到你這麼好！哥，以前都是我的錯，我太不懂事了，我給你跪下，你今後就看我表現！我絕對不會讓你失望的！」

時訣不想聽他這些屁話，在他看來，阿京各方面條件都屬中等，嗓音條件普普通通，很符合英暉口中的「普通水準的歌手」的定位。

他心想，我要是能用他贏你，總不敢再廢話了吧？

時訣非常想贏英暉，不光是勝負欲，這其中還夾雜了別的東西。

他以為這會是場簡單的對決，但是，情況沒有他想的那麼順利。

英暉的風格極重旋律的抒情曲，伴奏非常簡單，多少有點老派。

時訣幫阿京做的曲子都根據阿京的個人風格來，一些時尚的，前衛的東西，而阿京為了紅確實也拚，讓怎麼唱就怎麼唱，讓怎麼練就怎麼練。

剛開始，進行得非常順利，阿京的歌的播放量遠遠超過英暉，有兩首歌甚至直衝了熱門榜。

然後，在節目錄製中期，英暉唱了一首歌，叫〈春日將盡〉，歌曲慵懶細膩，描述了晚春清晨的景象。

時訣全程在節目拍攝現場，在英暉唱這首歌的時候，他腦中突然浮現一個畫面，曾經有一個早晨，在七〇九室，他躺在床上發呆，他原本與人定好了時間，但那人推遲了，說下課還要去圖書館一趟。

這畫面只是一閃而過。

英暉唱完歌，主持人採訪他這首歌的靈感，英暉說：「這是我等人時寫的，原本是〈耐心將盡〉，但是太直白了，就改成『春日』了。」

英暉的風格注重旋律的抒情曲，經常給人老掉牙的感受，但旋律是個危險的東西，它一旦找到那條準確的軌道，對人心簡直一擊即中。

英暉這首歌突然紅了。

在那之後，英暉以前的那些歌也越來越多人聽。

大家開始說——

哎，其實細聽的話，英暉的歌很有韻味啊。

好旋律都快被用光了，英暉還堅持寫這種歌真難得。

業內人士說一句，YAXIAN 的歌聽感上頭，主要是音色空間感強，他喜歡玩高低頻比例，壓縮動態差，尤其做燥歌的時候，中高頻率一番轟炸，然後套 loop 範本，他技術好，所以這麼弄省事又洗腦。

有時還是聽點簡單的歌安慰人心。

唉，復古一點挺好的，現代音樂太複雜，太吵了。

此類說法越來越多。

樂陽的人怕時訣受到影響，林妍專門過來找他聊，「你別在意。」

林妍在樂陽是有股份的，咖位也有，剛進公司一兩年的小孩見了她都畢恭畢敬叫老闆，或者叫林老師，只有時訣叫她姐。

林妍面對時訣跟對其他人不一樣，完全是平起平坐的熟人做派。

她說：「你別去較那個勁，他現在盯著你炒，你認真就上當了。」林妍喝著咖啡，笑著說：「能寫熱歌是多少人夢寐以求的，太多歌手一輩子都寫不出一首熱曲，都羨慕死你了。」

時訣腦子裡想著那首〈春日將盡〉，抽著菸，說：「我可以寫首旋律為主的歌。」

林妍：「你別，你越理會這些人就越起勁。」

時訣沒說什麼，他依然決定做一首復古的抒情曲，他跟阿京說了，決賽的時候給他。

後來不知道是誰傳出去的，好多人都知道了，時訣要用同類型曲子在決賽跟英暉一較高下。

節目組怎麼會放過這種熱門話題，找各路管道，瘋狂炒作。

他們還找英暉採訪，問他的想法。

英暉說：「我沒什麼想法，他願意拿什麼曲子都行，但我不覺得他能寫出好聽的旋律。」

節目組問他為什麼，英暉只說一句：「旋律是最簡單的，但旋律也是最難的。」

一時之間，時訣被架起來了，樂陽感覺苗頭不太對，找媒體放風，說沒有敲定最後會用什麼曲子。

這樣一來，像怯戰似的，就更落下風了。

李雪琳找人連夜開會，覺得他們被人牽著鼻子走，這事要想個辦法。

時訣沒管這個會，他跟李雪琳說，這幾天別找他。

時訣把自己關在飯店裡，每天寫歌。

但他像著了魔似的，每次寫完一首歌，腦子裡就冒出〈春日將盡〉，然後就把這歌廢了。

歌不好嗎？不是，但那麼一比，總覺得少點什麼。

他一連四十幾個小時不睡覺，就在那裡寫歌，後來李雪琳來了，找飯店經理一問，說這段時間人沒出來過，也不要客房服務，除了送了一次酒，門都沒開過。

李雪琳覺得這樣下去不行，她去找時訣，好不容易把門敲開，一個照面嚇了一跳，時訣眼睛都睜不開了，鬍子拉碴，頭髮也亂糟糟的，睡袍全是褶子，渾身菸酒的嗆味。

「這哪行啊！」李雪琳道。

時訣沒讓她進門，靠在門邊，問她：「有事嗎？」

李雪琳抱著手臂，皺眉道：「這不行，時訣，這樣吧，我們討論了，我拿點 Demo 你聽聽，看看有沒有什麼靈感。你放心，都是公司自己簽了保密約的音樂人，不會有問題的。」

時訣腦子反應得慢，聲音啞得不行：「……作弊啊？」

李雪琳：「不是作弊，公司有公司的考慮，這事必須完美解決，不然會對你的勢頭造成很大影響。」

時訣歪過頭，淡淡道：「姐，怎麼這麼緊張，他哪有這麼大面子。」

李雪琳：「不是，我是看你……」

「哎，」他輕聲打斷她，笑著說：「放心吧，不會有問題的，我答應的事，一定會做到的。」

李雪琳叮囑他要正常吃飯睡覺，然後就離開了。

時訣坐在桌旁，接著寫歌。

到最後一天，時訣又熬了一夜，天濛濛亮，他看著窗外寂靜的黎明，眼睛都是花的。

他這麼靜坐了好久。

李雪琳來找他，時訣把曲子給她，說：「後面我就不去了，我休息一下。」

「行行行，」李雪琳看他這模樣，真怕他猝死，「你快休息。」

那首歌，被拿去給阿京唱。

時訣關上門，洗了個澡，拉上窗簾，一口氣睡了二十個小時。

其實那應該不算睡，準確說，他應該是暈過去了。

窗簾再也沒拉開過，時訣也不叫人打掃，除了送點吃的和酒，他完全不開門，他開著音響，放著音樂，就待在房間裡。

決賽那天晚上，時訣直接斷網睡覺，第二天早上，他醒了。周圍靜悄悄的。

他拿手機來，李雪琳昨晚傳了訊息，說阿京贏了。

時訣就那麼趴在床上，用手機看了一遍重播。

過程沒什麼意外。

但是正片下方，有一些採訪，大多數都是關於阿京的，還有些別的選手，其中有一個題目叫「英暉以前覺得YAXIAN『假』？」

時訣點進去，那是賽後的一個小採訪。

主持人問英暉，對這個結果有什麼感想？

英暉說：「我非常高興能參加這次節目，受益匪淺。」他頓了頓，又說：「我還想說一句，阿京決賽這首歌是我整個節目裡最喜歡的歌曲，旋律非常美。」

主持人：「你還是特別看重旋律。」

英暉：「對，旋律是情感最集中的體現，現代人把人馴化得過度理性，情感發育失常，只能靠強刺激來帶動，但這其實跟毒品似的，後續只有無窮的空虛，真正美麗的旋律，像一些古典音樂、民族音樂，帶給人的反而是平靜和滿足。」

主持人說：「阿京這首歌確實旋律優美，我聽得非常感動。」

「因為那是真的。」英暉說：「說實話，這首歌的作者，我一開始不看好他，他給我的感覺就像……他不信任自己寫的東西，所以要靠極豐富的內容去掩蓋這種『假』，這種歌不會好聽的，因為只有『堅信』的時候，有些東西才會從天而降。」

主持人問：「這種東西指的是什麼呢？」

英暉聳聳肩，說：「反正，是我之前想錯了，他完全有這種情感表達的能力，也許他現在真的在做一些風格嘗試吧。」

時訣退出影片。

屋裡瞬間安靜下來。

手機很多未讀訊息，他知道公司的人非常激動的想要找他，但他現在有點懶得理他們。

當他決定從《銀魚組曲》裡摘歌給阿京唱的時候，他就覺得，什麼都無所謂了。

他這輩子差不多就這樣了。

他側身躺在床上，過了一下，又把臉埋在枕頭裡趴著，好長一段時間。

——「只有堅信的時候，有些東西才會從天而降。」

主持人不知道那東西是什麼，那時訣知道嗎？

他不願意聽自己的哭聲，所以伸出一隻手，打開床頭的音響，隨便放了一首曲子。

其實，時訣並沒有那麼強的勝負欲，他一定要贏英暉，這裡面還夾雜著別的理由。

他想證明一些事，給自己看。

結果一敗塗地。

這眼淚為誰而流？

為自己。

他被剝奪掉的，何只是一段歲月。

他哭到最後，渾身發抖，眼淚、鼻涕、口水把枕頭弄得一團糟。

他突然坐起來，把手機拿來。

他打開她的聊天室，她今天還沒傳訊息，前幾天的訊息倒是很多，還有圖片，是她跟王泰林他們在風景區的合影。

……她考了什麼東西？

哦對，一開始說要去某地農業農村局，後來崗位不招人了，就直接考去了開發區管委會，做些協助企業紓困的工作，前段時間正忙著幫當地杏園合作社賣杏，為了打開線上市場，找人賣貨，就聯絡上現在已經澈底發展成帶貨主播的王泰林。

他們搞了一個「杏有靈犀思念你」活動，好像賣得很不錯，企業相當高興，直接撥款招待，徐雲妮就帶著一夥人到處玩，昨天才回去。

他看著照片裡她的笑臉，越看手抖得越厲害。

已經一年多了吧，她有任何要來找他的跡象嗎？

他鼻子不通，只能用嘴呼吸，兩手一起上，哆哆嗦嗦地打字。

他不解，他問她。

『徐雲妮，妳為什麼還傳訊息給我？』

然後，不到三秒，她的語音就打了進來。

時訣聽著語音撥打的鈴聲，聽了半天，按下通話鍵，拿到耳邊。

『喂？』徐雲妮說：『不傳訊息，打電話可以嗎？』

他聽到倒水的聲音。

現在是早上七點四十分，她應該已經在公司了。

她在工作前，一定要準備喝的東西，她不喜歡喝白開水，不是泡咖啡，就是泡花茶。

他覺得，應該是花茶。

水聲停下，他聽到翻文件的聲音，然後她笑著問他：『班長，消氣了嗎？』

時訣聽著這淡淡的，平緩的嗓音，他緩緩抬起下頜，頭重腳輕，昏昏沉沉。

然後，他上身晃了晃，居然就那麼暈過去了……

大概過了兩個多小時，時訣再次醒來。

他看著天花板，看了一下，然後拿來手機。

通話已經掛斷了。

螢幕上，是她一串留言。

『班長，我還是想跟你解釋一下，本來我想的是趙叔出國後，我就去找你，但那陣子要考核。』

『政策要求是一個企業由一個團隊負責，但我們這人手太少，我們辦公室一共四個人，要對接三家企業，完全忙不過來。』

『最近還要去外地學習，然後我打算今年把法務考過了，工作裡可能有需要，結果就沒抽出時間。』

『之後……』

她打了至少三百字的內容，詳述近期工作安排，一開始時訣還在看，後面就一眼略過了。

大同小異，中心思想就是沒空。

他打字回覆。

『哦。』

其實，當初離開七〇九的時候時訣就知道，徐雲妮一年以後一定來不了。

這是一種直覺。

只會冠冕堂皇講大話的女人。

冰白瘦長的腳掌踩在地毯上，時訣拿了菸，走到窗邊，拉開窗簾。

光刺眼得他差點沒站穩。

又一則訊息進來。

『你最近怎麼樣？』

好啊，特別好，妳沒看綜藝嗎？我風光無限，紅透半邊天。

時訣看著這句話，菸都忘了點，他腦子裡一片空白，好像已經失去了思考的能力。

他半天沒回訊息，徐雲妮直接打電話。

時訣掛掉了。

徐雲妮又打。

時訣放下菸，左右看看，從桌上拿了一瓶水，擰開喝了一口，在喉嚨裡過了幾遍，又清清嗓子，發聲開開鼻腔通道。

然後接通。

『……喂？』徐雲妮說：『班長？』

時訣「嗯」了一聲。

徐雲妮說：『你嗓子怎麼了？』

就算清了嗓子，就算只有那麼短短不到一秒的出聲，她也聽出了不對。

時訣：「沒怎麼。」

徐雲妮頓了頓，說：『你感冒了？還是哭了？』

時訣沒說話。

徐雲妮再開口時，沒有一開始那麼輕鬆了，『時訣，你最近怎麼樣？』

時訣說：「很好啊。」

徐雲妮靜了好久，說：『我沒按時間找你，你是不是生氣了？』

「沒啊，」他淡淡道：「妳不來才正常，妳哪次說話算數過？」

呃……

徐雲妮難得啞然。

『別這麼說，你等我穩定，我答應你的事一定做得到，我需要一點時間。』

他沒說話。

『班長，我看你的節目了。』她換了個話題，『你之前在《音何啟航》裡第三期的〈Nightmare〉，那首太好聽了，在我們這邊超紅。』

說別的還好，說這個時訣眼睛瞬間翻上去了，那是他湊數的歌曲，是節目裡他最不滿意的。

『我有一個朋友，叫杜爽，』徐雲妮說：『她聽這首歌哭了好多次。』

他說：「那首沒什麼新意。」

徐雲妮：『什麼新意，好聽不就行了。』

他們七七八八有一搭沒一搭聊了一下，徐雲妮說：『班長，我要去開會了，你好好休息，我們常聯絡。』

「為什麼？」他問。

徐雲妮：『什麼為什麼？』

「為什麼要常聯絡？」

『為什麼？』

兩人連打了幾句謎語，時訣把菸放嘴裡，垂眸點燃，有點含糊地說：「我跟普通朋友平時不怎麼聯絡。」

時訣自認為這句話的語氣足夠冷淡了，結果徐雲妮聽完，居然笑了一聲，『啊，這樣嗎？』

時訣歪過頭，妳笑什麼？

徐雲妮說：『時訣，這個事詳細怎麼樣，我們到時候見面再聊。』

她那邊有敲門的聲音，她說：『我要走了。』她最後認認真真地說：『班長，你真的要保重身體。』

然後就掛斷了。

嗯？

就結束了？

所以呢？什麼時候見面？說了嗎？還是他漏聽了？

時訣吹了口煙，轉身去了洗手間。

這是值得記住的一天，這一天之後，時訣的狀態發生了改變。

但當然，他並沒有一夜看開，心花怒放，然後喜迎創作第二春。

世上哪有這麼簡單的事？

恰恰相反，隨著他在節目裡大獲全勝，人氣高漲到巔峰之時，他創作的欲望反而降到了冰點。

他還是想不出什麼像樣的曲調，依然用著複雜鬼魅的編曲來掩蓋一切。

但最詭異的事情是，這些潛意識裡讓他不太滿意的曲子，卻一首接一首地爆紅，而他偶爾想試驗一下過去風格的歌，卻反響平平。

他有點看不懂這個世界。

樂陽把他當財神爺供著，要什麼給什麼，李雪琳看著那些資料，每天喜上眉梢。阿京見面就恭恭敬敬鞠躬打招呼，那些跟他同期進公司的藝人，碰到他都要叫聲老師。

皆大歡喜啊，每個人都很高興，除了時訣自己。

他掉進了一個怪圈裡，他成績越好，就越放不掉這種創作方法，而寫越多的「爆紅曲」，就有越多專業人士質疑他靈感枯竭，路徑依賴。這種聲音多到他受不了的時候，他就會從過去的曲庫裡拿出一首來改改發出去，不管成績怎麼樣，他都能獲得短暫的心安。

粉絲在外腰板越挺越直，說別酸我們哥哥商業大紅總寫速食歌，這不是也能寫藝術性強的曲子？就是既要叫好又要叫座，狠狠賺錢怎麼了？

時訣看到這種言論，都會笑笑。

他從不去想，以前的曲子用光了怎麼辦。

就先這麼活吧。

真到了終點，直接炸了算了。

那天起，時訣留起了長髮。

也許是無心插柳，他這種湊合過的態度，反而激起了更多的追捧，他的粉絲最愛說的一句話就是——我就喜歡 YAXIAN 那股一抹輕煙無所吊謂的感覺，像極了下山的狐妖。

他參加越來越多的晚會、綜藝、紅毯，但很多時候，他的精神都是抽離的，漂浮在半空，看著自己衣著光鮮，談笑風生的模樣。

很多時候他都覺得，他就在等最後爆炸的那一刻。

但又是十分詭異的，這一刻怎麼等都不來。

甚至，老天還為他加了一扇保護屏障——崔浩終於放崔瑤進圈了。

崔瑤參加了一個傳統選秀節目，她全部的歌曲、舞蹈，全部都由時訣親手打造。當年參加《舞動青春》，時訣建議崔瑤專注技術，少點過於風格化的東西，等將來碰到大眾評委多的節目再轉型。現在就是這種時候了，時訣太瞭解崔瑤了，他在之前有意無意地幫她做了很多企劃的稿子，現在一股腦付諸實踐，崔瑤人氣扶搖直上，老早就釘死在了出道位。

有時候，時訣看著崔瑤在臺上唱歌跳舞，會有點嫉妒。

崔瑤很單純，單純的人總能保持熱愛，她什麼都不用想，只要按他說的做就行了。

在崔瑤和他的粉絲眼中，他就是神一樣的存在。

沒人覺得他會出什麼問題。

崔瑤把他的人氣再次推高。

高到很多人都受不了的程度，他的黑稿滿天飛，什麼整容、睡粉、耍大牌、造假獲獎經歷、被金主包養，層出不窮，相應的，原本最擔心的真正的戀情，反倒沒什麼人提了。

當各路風言風語多到他受不了的時候，時訣就會以寫歌的名義，避開人群。

他躲在飯店裡，等徐雲妮。

他與她重新取得了聯絡。

她現在比大學時期更忙了。

不過她現在是堅持忙一段時間，就總結一段傳給他。

她問他：『這麼頻繁傳訊息會不會打擾你工作？要不燃還是定在晚上聯絡？』

時訣非常拿喬地說：『沒事，妳傳吧，我抽空看。』

其實，好多時候，他都是打著寫歌的旗號，枯坐半天，就為了等她的訊息。

他對徐雲妮的感情進入到一種古怪的狀態裡，之前那段時間，他瘋狂熬夜依然寫不出歌的時候，他非常恨她、埋怨她，他覺得是她帶走他的一切。但後來清醒了點，他又覺得自己或許在遷怒，他把自己的無能怪罪到她的頭上，他騙自己，他是因為癡情才失去了創作的靈感。

可舒曼失戀之後仍能寫出《夢幻曲》，他為什麼不行呢？

別賴了。

明明就是自己變了。

踏入這個圈子，生活像開啟了八百倍速，有時候一天就賺了別人一輩子也賺不到的錢，輕輕鬆鬆就實現了好多人一生也實現不了的願望，浮華塵世，大起大落，最終則是一片寂然。

但這事她絕跑不掉責任，他占四成，她至少六成。

時訣穿著浴衣，拎著一瓶酒，放到桌子上，然後坐下，一腳踩在椅子上，低頭點菸。

他的頭髮已經長到，像這樣低頭時，會從肩上垂下的程度。

他把打火機丟到玻璃圓桌上，身旁就是落地窗，他朝外看了一眼，下面是密密麻麻的燈火。

桌上放著手機，她正在開會，會議結束，她就會聯絡他。

她會跟他講什麼呢？

這段時間裡，她跟他講了很多東西，大部分都是她的工作，講她去牧場，去服裝廠，去杏園的事，她說她現在是種杏高手，都幫中亞外國人上過課，到時候他們的家要找個有院子的，她來種杏樹給他瞧瞧。

他就問，誰們的家？

她說，我們啊。

他再次強調，徐雲妮，我們現在只是普通朋友。

她說，普通朋友也可以搭夥過日子啊。

他怔了一下，覺得也對，然後就更加心安理得地繼續跟她聊下去了。

時訣越聊越覺得，徐雲妮簡直像神一樣。

她變了好多，又好像完全沒變。

他跟她聊什麼都行。

這晚，他一邊喝酒一邊跟她打電話，打到一半過來個男人跟她講話，好像送了點東西給她。男人走後，徐雲妮跟他說，那是她朋友叫杜威，是鄰居，剛才送了點米過來。

時訣說，妳是故意的吧？

徐雲妮問，什麼故意？

他說，想讓我吃醋嗎？想多了吧。

徐雲妮笑著說，班長，作為普通朋友，你這話越界了啊。

時訣感覺，徐雲妮像神一樣。

她完全能看出他有問題，每次溝通，她都要提醒他注意身體。

他口中懶散地應著，心裡想，光說有什麼用，想管來我面前啊，再不來的話，下次見我可能在罈子裡了。

他沒把這些話說出口過，他覺得，徐雲妮都清楚。

徐雲妮跟他說，快了，應該快有機會了，時訣，你的心態一定要放平。

時訣在屋裡翻白眼，她每次都這樣講。

又過了一段時間，崔瑤參加的節目決賽了。

崔瑤毫不意外地成功出道。

這個女團取名「Reve」，一共七個人，由樂陽運營。

成團夜當晚，公司舉辦慶功會，進行一半時訣累得要命，一直反胃。

他回了飯店，把吃的都吐出來了。

他剛洗了澡，有人敲門。

他去開了門，來者很意外，居然是崔瑤。

「妳怎麼來了？」他問。

「我看你剛剛走了，我就、我就偷跑出來了……」

「這可不行，工作人員肯定都找妳呢，快回去。」

「時訣、時訣……」

她好像喝了酒，面色紅暈，穿著一件細肩帶背心裙，眼睛水汪汪地看著他，像有無窮的話要講。

時訣抱著手臂，靠在門邊上，笑著說：「真長大了啊。」

崔瑤看著他的眉眼，看著他浴袍之間露出的胸膛，看著他垂在耳後的長髮，差一點就哭出來了。

「我不能來嗎？」她鼓起勇氣，「時訣，我今晚待在這不行嗎？」

時訣本就快炸裂的腦子裡，又加進了一條——這事要是讓崔浩知道，他還能保住命嗎？

他說：「不行。」

崔瑤問：「為什麼？」

時訣說：「今晚有人了。」

「什麼？」崔瑤一愣，「……你不是分手好久了？」

時訣笑道：「分手也不代表晚上沒人陪啊，我很怕寂寞的。」

「我不信，你不會胡來的，」崔瑤皺眉說：「你幹嘛故意這麼說。」

時訣朝旁邊撇撇頭。

崔瑤轉過臉，看到林妍走過來，林妍看見崔瑤很驚訝，說：「幹嘛呢？瑤瑤，妳怎麼在這啊，公司那邊有事呢，要見品牌方，妳們時尚資源不太行，要加油啊。」說完她就拿出電話，「我聯絡妳們經紀人。」

「好。」

崔瑤被人發現，臉漲得通紅，她低下頭，小聲說：「不用，我自己回去，對不起……」

崔瑤哭著走了，時訣跟林妍說：「妳打電話讓紀哥來接一下。」

時訣回到房間，林妍跟進來，把門關上。

「瑤瑤來幹嘛啊？」她問。

「問這就沒意思了啊，姐。」

「哈哈。」

林妍本想跟他扯幾句，但看時訣沒什麼興致，就坐下跟他談起正事。續約的事。

「不是還有時間嗎？」時訣說：「到時再說唄。」

林妍說：「別到時了，先聊聊，公司想跟你討論一下入股的事。」

他們說了好多，主要是林妍講，時訣聽。

他一邊抽菸一邊想，還同舟共濟呢，妳知不知道我的腦子馬上就要枯竭了。

他最後還是說：「我考慮一下。」

林妍看他神態，說：「你狀態不太對，我幫你找找人？」

時訣說：「不用。」

林妍依然看著他。

時訣察覺她的視線，看去一眼，心說別吧，又來，他的腦袋真的要裂開了，能不能讓他休息一下。

結果，林妍從包裡拿出一樣東西放桌上。

時訣看著那東西，默不作聲。

林妍說：「精神類的，主要是抗焦慮和鎮定用的，劑量很小，你要是實在受不了了，可以試一下。」

然後林妍就走了。

時訣盯著那兩粒白色藥片，片刻，「呵」了一聲，他兩腿伸長，癱在沙發上，看著天花板。

周圍理應很靜，但完全不靜，他耳鳴得厲害。

他拿出手機，看看訊息。

她還沒聯絡他。

他直接打了電話給她。

事後，時訣每每回想自己這些關鍵時間的決定，都覺得，這是生物的本能。生物都有求生意志，就像路邊那些貓貓狗狗走投無路時，會自己尋人跟隨一樣。

『喂？班長？』她接了電話，『怎麼主動打來了？工作忙完了嗎？』

語氣有夠輕鬆。

這種輕鬆，讓時訣氣極反笑。

「啊，忙完了。」

『怎麼樣？辛苦嗎？』

「不辛苦啊，輕鬆得很呢。」

『哈。』

……哈？

「徐雲妮，妳好像很開心啊？」

『今天嗎？今天是有一點，』她說：『班長，我們好像有機會見面了。』

時訣稍坐直身體，「妳要過來了？」

『等一下，我傳給你看一下。』

她沒有掛斷電話，直接傳了一份文件給他。

時訣放大圖片看。

一則某省份地區的明星公益邀請函，前一陣子那一帶有地震，不算大，小範圍受災。

「啊……」時訣看明白了，「原來是要我去找妳啊。」

『班長，』徐雲妮說：『別分那麼清，你找我，我找你，能見面不就行嗎？』

時訣又往下翻了翻：「不僅去見妳，我還要捐錢是吧。」

徐雲妮：『哎，班長，對你來說都是小錢。』

錢是小錢，但事不是小事。

「妳算盤打得真響啊，徐雲妮，」時訣看到什麼，拿著手機霍然起身，「這受捐企業不就是妳對口的牛場嗎？」

『不是牛場，是乳業，』她耐心解釋，『這是我們這的重點企業，關乎當地老百姓就業的。』

時訣腦子嗡嗡響，因為站猛了，眼前直冒銀星。

她彷彿看見了，『班長，你別激動，坐下冷靜一下。』

徐雲妮像變了很多，她沒以前那麼嚴肅了，她現在說話總是帶著笑。

她也像完全沒變，一開口，就是那種永恆的，中正平和的女中音。

『你最近太緊張了，換換步調吧，』她說：『看看山水，怎麼樣？我們這裡很美的。』

他不說話。

她笑著邀請：『時訣，來吧，我帶你玩。』

第二十五章　野風

那天，時訣給徐雲妮的回覆是，他考慮一下。

但放下電話，他就聯絡了李雪琳。

『公益？』李雪琳聽完，說：『公益很好啊，不過你接下來行程很滿，抽不出時間的。』

「我要出去一趟。」

李雪琳查完了該公益內容，又說：『我說真的啊，這跟你現在不太配，那麼偏僻的地方，記者都去不了幾個，你要是真喜歡做公益，我幫你聯絡慈善晚宴。』

時訣笑道：「姐，那我自己去了。」

李雪琳無奈。

樂陽現在求著時訣續約，什麼都順著來，就答應了這個行程。

對於為什麼一定要去這一趟，時訣也不清楚，他的腦子是亂的，這種狀態已經持續了好長一段時間。

他只是下意識覺得，他要去一趟。

他腦子過於迷糊，以至於在牛場……哦不，在乳業公司，他還出了個洋相。

公益活動地點原本定在市區的一個學校裡，除了時訣之外還有別的明星，但都沒什麼名氣，捐錢最多幾萬塊。

時訣的捐款數額遠超公益目標，那企業的人把他當成救世主，他剛下飛機，就把他請到了工廠。

結果他就跟徐雲妮錯過了。

徐雲妮傳訊息給他，讓他先跟隊伍去，她自己開車來。

工廠很偏，車顛得時訣差點沒吐出來。

路損壞了很多，兩邊都有地震的餘跡。

時訣看著窗外景象，中途忍不住，還真下去吐了一次。

旁邊的工作人員遞水給他，連連說：「亞賢老師，辛苦了，辛苦了。」

時訣擺擺手，說沒事。

「我們真的沒想到能請來您這麼大的明星！」那工作人員有點激動，「剛開始出這個提案大家都覺得不行，真的是靠人硬推下來的。」

時訣聽了，頓了頓，問：「誰推的？」

「啊？」

「活動是誰推的？」

工作人員說：「好像是開發區那邊……」他有點不確定，跟旁邊的人確認，「是不是？」

「對，」另外那人說：「開發區辦公室的一個科員，姓徐，這事剛開始很不順。」

時訣依然看著他：「什麼不順？」

那人沒想到時訣這麼感興趣，仔細回憶說：「一開始是紅十字會想做個普通社會募款，然後準備到一半的時候，她突然過來，說想做明星公益活動。我對她印象很深啊，給退回去好幾次，她前前後後磨了好久，後來找地震局的高層背書，才把這個事定下來。她聯絡了很多經紀公司談，但我們真沒想到能把亞賢老師請來，您還捐款這麼多，真幫了我們大忙了。」

時訣不說話了。

他漱了口，重新坐回車裡。

他拿出手機，傳訊息給她：『我快到了。』

徐雲妮回覆他：『我開車呢，在路上，也快了。』

過了一下，時訣先一步到了工廠，下了車，被沙子糊了一臉，工廠規模不大不小，在門口的小廣場上已經拉了紅色橫幅。

時訣跟工廠的主管，還有紅十字會以及政府部門的人見了面，合影留念。

現場有記者，還有一些聞風趕來的粉絲。

時訣簽了感謝文書，桌子鋪在外面，現在風沙特別大，廠長過來請時訣入座，看到什麼，彎下腰，居然就那麼用袖子把時訣椅子上的灰擦掉了。

這廠長黑得要命，一笑就是一嘴大白牙，「亞賢老師，請坐，請坐。」

然後他把筆帽摘下來，再把筆交給他。

時訣接過筆，腦子又亂了一瞬。

他在別人眼中，是如此講究的人嗎？

不至於吧，他很會幹活，時亞賢生活不能自理，他的女友們各個天仙下凡，十指不沾陽春水，時訣從五六歲能拿動掃帚起，就開始自己打掃房間。

簽完名，站起來又是一輪合影。

然後由工廠員工遞錦旗給他。

流程真多。

現在是九月份，這邊還熱得冒煙，站了一下就滿身汗。

「亞賢老師，」廠長把拿錦旗的女孩往他這推推，笑著說：「這是我們廠裡，你的頭號粉絲！我們廠午休放音樂，她必須放你的歌！」

時訣看著這女孩，她拿錦旗的手在顫抖，想看他又不敢看，厚厚的瀏海把眼睛都擋住了。

廠長看她不珍惜機會，小聲催促說：「快說話啊！」

女孩嗓子都快抽筋了，說：「……亞、亞賢老師，我特別喜歡你。」

時訣笑著說：「謝謝。」

他伸手，跟女孩握了一下，女孩手心全是汗。

她終於抬眼，四目相對，她激動得眼泛淚光，說：「我最喜歡你那首〈Nightmare〉，每次聽到都會哭！真的，我平時不敢跟人講……你的歌真的給我很多力量，請你一定要繼續寫下去，我會永遠支持你的。」

廠長一看，忙說：「哎，妳控制一下，怎麼還哭了。」他看他們的手還拉在一起，就拍拍女孩手臂，想讓她放手。

沒放開。

但再細看，好像握緊的是時訣。

時訣想到了什麼，盯著女孩，問：「……妳叫什麼名字？」

女孩說：「我叫杜爽。」

——『我有一個朋友，叫杜爽，她聽這首歌哭了好多次。』

時訣的手臂好像麻了一下。

他有所預感似的，餘光掃向斜前方。

不遠處，開來一輛黑色SUV，轉到廠區旁邊停下，然後，車門打開，下來一道穿著黑色衣褲的修長身影，她關了車門，收起鑰匙。

在她轉身過來的一刻，時訣視線瞬間落下去了。

那是她嗎？

她現在是這個樣子？

不對，她以前也是這樣。

還是不對，她以前不是這個樣子吧……

「……亞賢老師，亞賢老師？」

廠長叫他，時訣回神，終於把手鬆開了。

接下來，杜爽拿著旗一起照了相，然後有記者過來採訪了幾句。

記者問話，鋪了一通，時訣都沒怎麼聽清，就隱約聽見最後半句：「……對工廠有什麼想瞭解的？」

想瞭解？

時訣的餘光裡，那道身影走近了，她先去一旁跟上級打了招呼，然後安靜地站在人群中。

時訣的精神、表情，和他的嘴是剝離開的。

他精神恍惚，面帶微笑，口中說：「我想看看牛。」

記者：「……」

記者看看廠長，廠長解釋說：「亞賢老師，我們這是加工廠，牛目前不在這邊。」

……加工廠？

記者又問時訣：「還有什麼希望瞭解的嗎？」

時訣：「那有做牛肉乾嗎？」

記者：「……」

廠長看出時訣不在狀況，便趕緊進行下一步，請他進廠參觀。

時訣手機震了一下，他拿出來看。

徐雲妮：『說了一萬遍，是乳業。』

那怎麼了？

奶牛就不能宰了嗎？我就問有沒有牛肉乾，誰敢說什麼？

時訣懶得回她。

活動進行了一上午，中午車子拉他回飯店。

徐雲妮又不見人影了。

她傳訊息給他，說被人叫走了，等等就回來。

時訣沒回話，他躺在床上，這附近沒什麼好飯店，房間都不大，打掃得很乾淨，因為他入住，還特地放了兩個加濕器和幾盆綠植。

他已經很久沒躺在這麼小的房間裡了。

他鞋都沒脫，靠在床頭，看著窗外。

離開工廠那片區域，天氣好了不少，至少能看見雲彩了。

在昏昏欲睡之時，他的手機震起來，徐雲妮打來電話。

時訣接通。

「……喂？」

『班長，你那有人嗎？』

「沒有。」

『我查了一下，飯店裡有跟住的粉絲，保險一點的話，你下來。』

「下哪？」

『地下室，地下二樓。』

時訣直接出門了。

飯店人不多，電梯也沒碰到人，他直接下到B2。

走進地下室，一輛車剛好開過來。

就是之前那輛黑色SUV。

他拉開車門，坐到副駕駛座，關上車門。

徐雲妮轉頭看他，看了三五秒鐘，然後問：「吃飯了嗎？」

她開了口，時訣這才把臉轉過去。

四目相對。

有變化嗎？

有吧。

多多少少還是有吧……

他又把臉轉回前方，說：「沒吃，不餓。」

「要吃東西啊。」徐雲妮說：「我來找地方吧，不會被人看到的。」

車子開動，時訣靠在椅背上，餘光裡一閃，是她手上戴著的金色手鏈。

那手鏈都有點氧化褪色了。

消費主義陷阱，幾萬的東西沒多久就褪色。

哦對，手鏈。

他的手鏈放哪了……

「怎麼了？」徐雲妮看他一眼，「想什麼呢？我的變化大嗎？」

不大，兩年多的時間，她看起來一點都沒變，還是紮著短短的低馬尾，濃長的眉，黑眼仁很大的眼，皮膚是比之前深了點，很健康的淺麥色，嘴唇有點乾，不用塗抹，也是飽滿的紅。

平緩穩重的聲音，比在手機裡聽起來有質感太多了。

徐雲妮又看來一眼，說：「班長，頭髮都比我的長了。」

時訣卡頓幾秒，還是想不出該說什麼。

因為想不到話題，剛開始他還有點急，但馬上又回過神，無所謂，在她這，什麼都不反應也沒事。

他踹掉鞋子，腳踩到椅子裡，身體一沉，就那麼窩了起來。

徐雲妮找到一間餐廳，剛要往裡轉，時訣看得毫無食欲，說：「走吧。」

徐雲妮看他：「不喜歡吃這個？」她打方向盤，「那換一家，你想吃什麼？」

時訣說：「泡麵。」

徐雲妮：「行。」

她開車來到一家超市，讓時訣等著，她下車去買。

時訣坐在車裡，聞著皮革的味道，左右看看。

他發現後座有個包，伸手把包拿來，裡面掉出一個本子。這是他熟悉的東西，是以前他們在某風景區買的本子，大學的時候她就在用，他也用過，偶爾在上面塗塗畫畫，隨手寫點東西。

他翻到了他寫的〈男朋友〉那頁，看著看著，腦中一片空白。

他又往後翻，到最後一頁，手上一頓。

這頁記了很多東西，像是在網路上搜尋的資料，然後做的筆記整理，題目有點搞笑——《藝術家如何渡過低谷期》。

下面逐條展開：

一，嘗試在多媒介多平臺創作，打開空間。

二，放下清高，不要閉門造車，多與同行和受眾交流。

三，多參加社會活動，做公益，獲得心靈的滿足感。

四，不要把自己關在一處，去戶外感受大自然的美麗。

五，以平常心對待名利得失，維持熱情，找回初心……

其中，「維持熱情，找回初心」這八個字，還被她特地畫了個圈。

熟悉的字跡，寫著「熟悉」的內容，洋洋灑灑，一項又一項，有些內容後面還寫了備註，做了很多詳細的計畫。

為什麼說這內容熟悉呢？

因為自打時訣認識徐雲妮開始，她就是會這樣說話辦事的人。

時訣經常覺得，這是時亞賢那個年代的人對待問題的方法，不管什麼事，都規規矩矩放在一個可控的框架內處理，一板一眼，刻板到咯牙。

時訣以前對這種模式化的言辭不屑一顧。

而如今，在他混亂到極致之時，這種古典主義做派忽然給了他一點不同的感受。

他把包放了回去。

過一下，徐雲妮回來了。

她拎著一個袋子，裡面裝著杯麵、零食，還有水。

但他還是不餓，徐雲妮就開車接著帶他轉。

他們行駛在路上，徐雲妮跟他講了些話，時訣被前方的陽光照著，恍恍惚惚，沒多久，竟然就那麼睡著了。

等他再醒的時候，車子已經停下了。

他們來到一個山谷中。

車裡很安靜，只有他一個人。

車停在懸崖前，兩側都是黑色的陡峭絕壁，正前方很遠的地方，有一座處於陽光下的巍峨山峰，懸崖下方，有一汪湖泊，水的顏色很神奇，又像藍，又像綠，還沾著一點淺淺的黃色。

湖面平靜無波，反射著幽祕的光，與遠方山峰遙相呼應。

徐雲妮修長的身影就站在懸崖邊，一手插在口袋裡，正在抽菸。

風吹起她的頭髮和衣擺，吹散香菸的白霧。

但車裡把一切都隔絕了，從擋風玻璃裡看，這就像個冷峻的電影畫面。

這是什麼地方？為什麼來這？

他轉頭看看周圍，一回頭，忽然發現車後面是一片陰坳的山坡，遠處有牛在吃草。

哦……牛。

因為他說，他想看牛……

時訣再回頭，看著懸崖邊安靜抽菸的女人，看著看著，好像渾身的力氣都被抽走了。他腳踩到擋風玻璃上，身體向下沉，再向下沉，沉到不能再動了，緊閉著眼睛，兩手捏在太陽穴上，深深呼吸。

徐雲妮正在懸崖邊看風景，想事情，聽到身後的車門聲。

她回頭，見時訣下了車。

他走到她身邊，伸出手。

徐雲妮瞧著那漂亮的手掌，把自己的手握了上去。

時訣疑惑地看著她。

徐雲妮：？

他說：「菸。」

「啊……」誤會了，他出門忘了帶菸了。

徐雲妮取了一根給他。

火焰一起一滅間，照亮他的臉。

他抬起眼，跟她看在一起。

徐雲妮心想，有多久沒有這麼近見到這雙眼睛了？然後她很快得出了答案，差不多兩年零四個月。

他的輪廓更成熟了，柔順的頭髮別在耳後，這讓他蒼白而精巧的面孔，讓那瘦長而高挺的鼻梁，都得到了更直白的展現。

「盯著我看什麼？」他問。

「有點神奇……」徐雲妮說。

「什麼神奇？」

徐雲妮說：「從電視和照片裡看你，跟這樣看，好像有點不一樣。」

杜爽的手機桌布永遠都是他，徐雲妮看過好多張，時訣一直很上相，照片裡的他，比現實看起來更精緻些。

其實細看，還是能看出與兩年前的不同，沒有化妝品的遮蓋，加上長時間沒日沒夜，他的唇邊，眼角，和皮膚上，已經有了細細的痕跡，黑眼圈也有點重，在工廠那邊還能提起點精神，現在則是澈底的懶散無謂。

她一直看著他，他也由著她看。

抽了半根菸，他朝旁彈了彈，問：「徐雲妮，有沒有什麼要跟我說的？」

徐雲妮稍稍回神：「……嗯？」

時訣拿著菸，歪過頭，上下看她，悠悠道：「我記得好像有人說過，將來一定會來找我？」

徐雲妮張張嘴，沒說出話來。

時訣：「有這事嗎？」

有。

徐雲妮跟時訣講了當時那段時間的日程。

其實也沒什麼日程，就是太忙了。

去年六月，趙博滿緩刑期滿，還要辦理手續，徐雲妮回了家那邊，幫他忙了一陣子，九月份才把他送出國。那時她聯絡了時訣，但是杳無音信。十月份的時候這邊發布考試公告，徐雲妮報名參加，十一月底考試，時間緊迫，好在她大學時期一直在準備這方面的東西，今年出了成績，她順利考上。

這個時候，她也想過去找時訣。

她的訊息他仍不回覆，徐雲妮打電話問崔浩，崔浩說時訣現在正閉關，他跟一個叫英暉的人較勁，閉門寫歌，誰的電話也不接，他們也已經很久沒有見過面了。

徐雲妮就沒有去。

她一直關注著崔浩說的那個「較勁」的節目，三月份決賽，阿京拿著時訣的歌得到了冠軍。

第二天早上，時訣終於回覆了她的訊息。

當時徐雲妮剛入職，被安排了很多事，她計畫把所有工作儘量在四月都完成，然後五月的時候放個長假，看看有沒有機會見到他。

結果，計畫趕不上變化，五月份地震了。

他們這邊影響很大，徐雲妮一瞬間就被事情淹沒，連他們主任在內，整個辦公室的人三班倒，連軸轉，根本沒有休息的時候。

徐雲妮說到這，時訣說：「妳不是說地震很小嗎？」

徐雲妮：「小，但位置不好。」

時訣馬上又想問，那接下來的三個月呢？妳為什麼不來？妳都幹什麼了？

其實，他已經知道她幹嘛了。

但他還是想問，想聽她自己說，詳細地說。

他那遲鈍的腦子忽然冒出了很多內容，他想知道她為什麼要安排這些事？為什麼不提前告知他？她為什麼覺得他需要這些活動？她希望他能達成什麼結果……

他甚至想問一些，關於那個叫杜爽的女孩的事。

但他沒有開口。

他莫名有些羞心。

在這種奇異心態的加持下，時訣……的肚子叫了起來。

他的眼神和徐雲妮的眼神同時向下，瞄到他的腹部。

徐雲妮：「你餓了？」

時訣「嗯」一聲。

徐雲妮說：「你等等。」

徐雲妮去山坡上，那有個牧民的小氈房，她進去跟人說了一下，出來招呼時訣。

時訣把那一袋東西拿了上來。

山坡看起來短，爬起來卻很長。

他來到徐雲妮身邊，氈房很小，應該只是偶爾休憩的地方，有一個年輕的男人，很標準的西北牧民的長相，徐雲妮正在跟他說話。

她跟他借了熱水，泡了一碗泡麵。

時訣盤腿坐在地上，望著遠山，捧著麵吃。

過了一下，徐雲妮又拿來一樣東西。

牛肉乾。

是她從牧民那裡搞來的。

時訣把牛肉乾泡在泡麵裡，一起吃掉了。

徐雲妮吃過飯，並不餓，在時訣吃泡麵的時候，她就在山坡上閒逛。

她在那亂逛，碰到不平的地方，有時會被絆一下，然後她踢走山坡上的碎石頭，接著走。

時訣吃著麵，看著下方的人，她一邊走，偶爾看來一眼，然後再走，然後再偶爾看來一眼。

他唇邊忽然一聲笑。

徐雲妮晃蕩到半山腰，再次看向上方，發現時訣已經吃完了，他坐在山坡上，兩手撐在身後，也遠遠看著她。

他們這麼對望了一下，時訣起身，去了氈房。

他們的食品袋在那，他去拿水。

但是好久沒下來，徐雲妮也過去了，說：「時間差不多了，我們該回去了。」

沒想到，時訣來了句：「不走了。」

徐雲妮沒懂，「什麼不走了？」

「我跟那哥們談好了，今晚我們住這。」

「……什麼談好了？談好什麼？」牧民已經離開了，徐雲妮看看氈房，又看看他，「你要住這？不行。班長，走了，我們明天再玩。」

徐雲妮回頭看看山坡下的車，忽然感覺有人靠近，再轉過來，他的身體就貼上了她。

徐雲妮一愣。

熟悉的味道撲面而來。

他從胸口貼近，到腹部，到胯，再到下面，全都靠在一起。

他歪著頭看她。

那一瞬間，他身上故意釋放出一種毫不遮掩的黏稠感，讓徐雲妮的心跳不可控制地加速了，她那手下意識就想抱上去，結果，下一秒他又起身了。

他像什麼事都沒發生過一樣，轉身回氈房。

徐雲妮愣了一下，然後清醒了點，她說：「時訣，這不是小事，你必須回去。」

他說：「要回自己回啊。」

徐雲妮再次點名：「時訣。」

他說：「妳自己走回去吧。」

走？

徐雲妮意識到什麼，一摸口袋，發現鑰匙被他順走了。

她皺眉，再摸另一個口袋。

手機也沒了！

徐雲妮瞠目結舌。

她的眼睛因為不可思議，快速眨了好幾下。

原來他剛才使用了聲東擊西嗎？

她在心裡抱怨，不是，徐雲妮，妳怎麼這麼不禁……

「時訣，」她重整旗鼓，拿出了嚴肅的態度，「我沒有開玩笑，這絕對不行。」

她跟過去，想趁他不備，一舉將——至少要將手機奪回。

她盯著他的口袋，過去要搶，結果瞬間被拿下。

他抓住她的手腕，拎得很高，睥睨地看著她，淡淡道：「叫什麼呢？時訣時訣的，叫班長。」

徐雲妮忽略他明明一整天看起來迷迷糊糊的，現在怎麼突然來了這麼大力氣，她跟他耐心講道理：「班長，這地方真的太離譜了，這什麼都沒有，真的不能住，而且你的團隊還在飯店等你，我晚上也要回去公司那邊。」

時訣拎著她，視線依舊居高不下。

徐雲妮心說看也沒用，你就算把我當臘肉這樣一掛掛一宿也沒用。

「徐雲妮。」

他叫她的名字，叫完就一言不發。

徐雲妮盯著他的眼睛，張開嘴，閉上，再張開……

她最後還是偏開眼，說：「……行、行，你說了算。」

時訣鬆開手，鑽進氈房中，先把矮矮的紅色小桌立在一旁，然後把毯子鋪在地上。

他手向後，朝徐雲妮的方向伸出去，勾勾指頭。

徐雲妮又把手放上去了，時訣回頭瞪一眼：「菸。」

「哦……」她作恍然狀，「對不起，搞錯了。」

時訣看她的表情，他懷疑她在逗他，但懶得追究。

她拿出一根菸，雙手撚著放到他手裡。

時訣回身接著整理。

徐雲妮站在後面，稍抿抿嘴，抱起手臂，看著周圍。

這裡條件艱苦，一看就不常住人，也沒有電。徐雲妮看著看著，視線又落到時訣身上。因為要出席活動，他穿了正式的白襯衫，這麼一彎腰，後背透著一點點脊梁骨的輪廓，還有後腰兩條隆起的肌肉。她看著他一點點把氈房弄成能睡覺的樣子，心中有些說不出的感覺。

天越來越暗，也越來越冷。

屋裡有一塊墊高的區域，上面鋪了層層毯子，毯子上全是灰，臨時用的被子也不算乾淨，時訣叼著菸，拎著被子出房收拾了一下，再拿回來。

他們把食物和水拿進來，徐雲妮也回車裡取了靠背的枕頭拿來。

氈房門關上了。

這裡沒有電，只有個小的便攜帳篷燈，他們怕電不夠用，把亮度開最低，又覺得太暗了，時訣把燈從上面摘下來。

「你聯絡你公司的人沒？」她問。

他不理。

徐雲妮看著，又說：「你小心點，別弄壞了。」

時訣說：「妳知道我這一晚付了多少錢？」

「多少？」

「不告訴妳。」

「告訴我吧，我們ＡＡ。」

時訣摘了燈，低頭看她。

徐雲妮認真道：「普通朋友就該ＡＡ，班長，我不能占你便宜。」

這個時候徐雲妮已經躺下了，時訣轉過身，蹲到她面前，他兩肘墊在膝蓋上，一隻手勾著那小帳篷燈，稍稍晃著。

徐雲妮問：「那是什麼？」

看了一下，他正式道：「徐雲妮，我們現在連普通朋友也不是了。」

時訣朝她揚起下巴，給出關係新定位——

「普通同學。」

再度降級。

徐雲妮點頭，接過帳篷燈，放到枕頭上方一點的位置。

山裡天黑得快，但時間其實並不晚，他們都不睏。徐雲妮翻過身，撐起上身，拿著那暗淡的帳篷燈看。

氈房外的風吹得很大聲，他們都穿著外套，還蓋上了被子。

徐雲妮說：「同學，放首你的歌聽吧。」

時訣兩手墊在腦後，睜著眼睛躺著，說：「不放。」

徐雲妮：「那我來。」

然後她打開手機音樂軟體，放了一首歌。

前奏剛出來兩個音，時訣瞬間咂嘴。

「……一定要這首嗎？」

又是〈Nightmare〉。

「這首最好聽。」

「『最』好聽？」時訣「呵」了一聲，說道：「徐雲妮，我白培養妳那麼多年，妳現在審美就這樣嗎？」

他剛批評了幾句，聲音便被她用故意調大的音樂蓋住了。

「……」

時訣憋著口氣，脖子支起來一點，轉頭看她，徐雲妮的面容在瓦數極低的帳篷燈的照射下，非常安和，她平靜的側臉，連著纖長的脖頸，像流著一道螢光似的。

時訣這口氣忽然就散了。

他感到一絲恍然。

「徐雲妮……」

「聽不見。」

時訣「嗞」了一聲，半轉過身，一把抓著她的手臂，往自己身邊用力扯了點。

徐雲妮撞在他身上，她偏過頭，這個距離，身體相貼，髮絲相疊，讓她有一種他們回到了七〇九室那張一三五的小床上的錯位感。那時他們經常各自忙著自己的事，叫對方都聽不到。他們耐心好的時候會等待，有時耐心不夠了，也會不滿，相互嗆一嗆，就像現在這樣。而她與他沒耐心的發生頻率，大概一比九吧。

想到從前，徐雲妮忽然笑了一下。

手臂上的手明顯更用力了。

他說：「妳現在能聽見了嗎？」

徐雲妮感受著手臂上的緊痛，說：「能，你說吧。」

徐雲妮突然這麼正式地等他發言，時訣又不想說了。

正好一首歌放完，他鬆開她躺了回去。

結果，再次單曲循環。

時訣：「……」

〈Nightmare〉這首歌是他用鋼琴和小提琴為基礎創作的一首抒情搖滾。

靈感來源非常簡單，有一天他坐飛機，半睡半醒間看了一部關於西伯利亞原始森林的紀錄片，結果不久後他就做了一個關於他化身中世紀領主，帶領手下與森林裡的神祕女術士進行戰鬥，但戰鬥到一半忽然墜入愛河的狗血大夢。

醒來，就寫了這首〈Nightmare〉。

他聽著熟悉的旋律，聽著聽著，說：「我還是不太喜歡這首。」

徐雲妮：「為什麼？」

時訣：「寫得太白了。」

徐雲妮：「那你喜歡哪首？」

時訣想了好久，沒有回答。

山谷的夜晚，又靜又鬧，人跡無蹤，野風喧囂。

這音樂倒是很配這樣的環境。

曲子放了第三遍的時候，時訣開口道：「徐雲妮。」

「嗯？」

「妳為什麼讓我去牛場？」

「不是牛場，是乳業。」

「那個女生叫杜爽是嗎？妳特地安排她見我，為什麼？」

「她喜歡你。」

「所以呢？」他說：「這麼久沒見，妳說話能不能坦誠一點。」

徐雲妮依舊看著燈光，片刻後，說：「時訣，其實我也不太懂……」

「不懂什麼？」

「你為什麼這麼難受。」

時訣忽然不說話了。

在徐雲妮剛與時訣取得聯絡的時候，她有點感覺，時訣跟之前不太一樣，但那時他們太久沒聯絡，他又剛進到那個光鮮的行業裡，聲名鵲起，她想那可能是他的一種調整。

但時間越長，她越感覺，他有點萎靡。

她不清楚原因，她問過時訣，他說沒事，她也問過崔浩，崔浩說他壓力太大。但到底大在哪，也說不出個所以然來。

後來，徐雲妮找到丁可萌。

她們聊了好久，最後丁可萌總結了原因。

「我看九成就是被英暉刺激到了，」丁老師說：「那英暉傲得要死，哎呦，時訣就是表面不在乎，心裡在意著呢！我傳幾篇樂評人的文章給妳看看。」

徐雲妮讀了那些文章，也查了一些英暉的消息，依然似懂非懂。

在任何人眼中，時訣都是成功的。

在徐雲妮眼中也是，他站在舞臺中央，出席各種活動，風光無限，走在街上也很容易就能聽到他的歌曲。

有一次，徐雲妮陪主管參加會議，結束後找了個商場吃飯，他們辦公室的人都在，主任姓馬，今年四十幾歲，副主任姓楊，稍年輕點，三十七八歲。他們看到不少人來商場裡的滾動大螢幕打卡拍照，楊副主任瞧著，就說：「你們說這些明星活得多輕鬆？生了一副好模樣，賺錢這麼簡單。唉，我多想這麼躺著賺錢，給我一半我的人生就沒煩惱了！」

馬主任笑著說：「俗話說，各吃各的苦，各享各的福，人哪可能沒煩惱呢？」

馬主任是個有點發福，長相油膩的中年主管，但人很不錯，勤勞，好發言，尤其喜歡總結「金句」，偶爾也會有些道理。

楊副主任又說：「那給我這麼多錢，煩惱我也認了！」

徐雲妮看著商場滾動的大螢幕，上面滾動著時訣的照片。

如果不是與時訣相識一遭，或許她也會覺得，這些光鮮的美人生活輕鬆，不需要動什麼腦子。

對於那些樂評人的話，徐雲妮其實不太理解。

「時訣，我查了一些內容，」徐雲妮說：「有些評論說你現在的歌過度追求刺激頻率和資訊密度，說你藝術性不夠——」

她說一半，他就皺著眉，把她身邊的菸盒拿過去了。

只剩最後一根，被他取走。

「妳覺得呢？」他一邊點菸，隨口問道。

徐雲妮拿回空菸盒，扣上盒蓋。

她說：「你覺得我有這個能力『覺得』嗎？」

他嘴角一扯，輕呵一聲。

雖然徐雲妮深愛著一位藝術家，但對於藝術，她一直處於不太開竅的狀態。至今為止，時訣最觸動她的一首歌，還是當年在華衡唱的那首俄文曲。但是因為有回憶的加持，才顯得格外有意義。

她將空菸盒再次打開，指腹摩著尖尖的邊緣，說：「我不太懂，我覺得你的歌都很好聽。」

他沒說話，躺著抽菸。

徐雲妮：「因為我不太懂，聽得不多，所以我的話沒什麼分量是嗎？」

他低聲道：「我沒那麼說過。」

徐雲妮接著說：「我感覺你可能需要換換節奏，就查了一些辦法，不知道會不會對你有幫助。」她玩著手裡的菸盒，說：「還有杜爽……杜爽很喜歡你，她哥說她以前很自閉，經常被欺負，高中沒念完就輟學了，平時躲在家裡哪也不去，她迷上你後還去上了吉他班。」她想到什麼，嘴角動動，「你知道她有多喜歡你，我以前問過她，她說，只要你存在，就足夠讓她感到幸福了。」

時訣緩緩吸氣，抬起手臂，手腕擋在額頭上。

他咬著菸，煙霧被氣息颳得不太穩定。

徐雲妮怕他被菸灰燙到，從他口中取出了抽了一半的菸，放入自己口中。

「我就想讓你見見她，雖然她也不太懂就是了。」徐雲妮看著微弱的光，琢磨著，「就算不懂，就算她沒有那些評論家專業，只是個小地方出來的，她的喜歡也不至於一文不值吧，時訣。」

時訣的呼吸不勻，深淺不一。

「我沒那麼說過……」他又說一遍，聲音有些啞，「我就是有點煩。」

徐雲妮一手夾著菸，辨認著帳篷燈照亮的菸盒上的字跡，說：「不高興的人聲音總會顯得大一點，等雜音過去，生活就會恢復本質，你也會恢復本質的。」

他喃喃發問：「我什麼本質？」

「天才啊，」徐雲妮笑著說：「時訣，你是天才，那個英暉再傲，也不可能傲過你啊。」

她如此理所應當地講出這句話。

時訣放下手，看向徐雲妮。

她的側臉上還殘留著清淡的笑意，半熱半冷，似有還無，這種神情好讓人熟悉，時訣想了一下，突然意識到，這不就是他自己的笑嗎？

細細看去，她抽著他高中起就抽的香菸牌子，抽菸前喜歡用唾液潤一下菸身，甚至夾菸的位置，歪頭抽菸的角度，都跟他一模一樣。

她渾身都是他的痕跡。

「哈……」

他忽然看笑了。

徐雲妮轉頭來，認真道：「所以真的沒什麼大不了的，只是事業的階段性挫折，你要相信自己。」

他們對視著，但想的事又不同了。

徐雲妮按部就班地開解他，希望他不要那麼難過，而時訣則沉浸在眼前的畫面裡不可自拔，徐雲妮這種刻入骨髓的，潛移默化的改變，讓他感到十分興奮。

「……哈哈。」他鬼使神差地笑了。

徐雲妮奇怪道：「怎麼了？」

「沒，」時訣偏開眼，「妳可能高估我了，我算什麼天才。」

他手墊在腦後，腿也從被子裡出來了，翹了起來，晃晃腳踝。

「我說不定馬上就要玩完了，」他說：「我實話跟妳說，我最近什麼都寫不出來。」

「寫不出來慢慢寫唄，送你馬主任金句之一——『迷茫的時候，就踏踏實實幹，幹著幹著，就不迷茫了』。」

什麼東西……

時訣懶得管誰是馬主任，他想了一下，忽然道：「徐雲妮，我將來要是不幹這個了，妳養我行嗎？」

徐雲妮的手停頓住。

啊？

她沉默兩秒，發出疑問：「為何普通同學要承擔贍養義務？」

時訣飛來刀子一樣的視線。

徐雲妮又說：「不是，班長，這個確實力有未逮，你猜猜我現在薪水多少？算上各種補貼，大膽給個數字。」

時訣冷笑：「關我屁事，這不是妳自己選的偉大事業嗎？」

徐雲妮：「……」

他好像活潑了點。

憂思一落地，從前的孤傲伴隨著刻薄，拔地而起。

這兩年多的時間，他早已被各路人馬寵成皇帝了。

時訣：「你以前不是說，人過日子花不了多少錢嗎？」

徐雲妮耐心說：「那是大學時期，現在……」她嘆了口氣，「唉，今非昔比，家道中落。」

時訣沒說什麼。

徐雲妮又說：「而且，班長，你現在好金貴的。」

「我金貴？」

「啊，我聽前方工作人員說了，你現在坐車顛一顛就吐。」

「沒有。」

「他亂講了？」徐雲妮說：「那也不行，我的薪水都不一定夠你保養車的。班長，好手好腳幹嘛想著讓人養，你的事業才剛起步呢。」她再次擺出一副正經的姿態，手一擺，「你要知道，『大部分的成功人士，無非就是兩個詞，專注與堅持』。」

時訣一臉忍不了的表情，說：「徐雲妮，妳現在怎麼一股……」

徐雲妮：「馬主任金句之二，建議背誦。」

時訣深呼一口氣，腿放下，呈大字狀躺著，他侵占了徐雲妮的空間，長腿搭在她的身上。

身旁有聲響，徐雲妮撚滅了菸。

時訣偏過頭，正好徐雲妮也湊了過來，她的髮絲垂在他臉上，微微癢。

徐雲妮說：「班長，我是覺得，你喜歡文藝，你會一直做這個的。但如果哪天你真的決定不幹了……」她看著他的眼，他的睫毛，唇邊的小痣，近距離聞著迷離之香，情不自禁用手背蹭了一下他的臉，沒有把話說完。

時訣眉毛微挑：「誰讓妳碰我了？」

徐雲妮說：「不能碰嗎？」

「不能，」時訣上眼瞼吊出一道涼薄的弧線，歪著頭，懶洋洋道：「徐雲妮，妳再也得不到我的心了。」

他眼中一派旖旎。

他的聲音太好聽了，使這無情之語宛如清歌。

徐雲妮看著他，許久後，說：「那身體呢？」

靜默片刻，時訣說：「妳轉過去。」

徐雲妮轉身，剛躺下，他就從後面抱住了她，手從她身前繞過，摟得很緊。

一瞬間，徐雲妮感覺靈魂都收緊了。

她察覺頸後的熱氣，有些受不住似的閉上了眼睛。他身上好熱，而且越來越熱，他的嘴唇貼在她的肌膚上說話。

他有點沙啞地說道：「徐雲妮，妳真煩。」

孤星高懸。

徐雲妮抓住他的手臂，感受到他的鼻尖，正輕輕碰觸她的後腦。

她被他的氣息包裹著。

野風肆虐，烈火焚身，徐雲妮逐漸陷入幻覺，他們彷彿進入了一個平行世界，在這個世界裡，他們不用吃喝拉撒，也不用思考任何事，他們就只靠彼此的懷抱過一生……

這晚，他們就在山野的風聲中，相擁而眠。

第二十六章　Assalamu alaykum

翌日清晨。

徐雲妮生理時鐘準時，醒得比時訣早一些。

她剛睜眼時，迷迷糊糊聞到一股淡香，視線定焦，發現自己半倚在時訣的懷裡。

不知何時，他們已經調整到面朝著對方睡了。

他的頭髮完全睡亂，頭髮就像水草一樣，打著彎鋪在臉頰上。他的白色襯衫有些地方已經蹭髒了，但依然散發著那股淡淡的溫香。

徐雲妮看了一下，拿來手機，偷偷拍了張照，然後輕手輕腳出了氈房。

太陽還沒完全升起，山裡霧氣繚繞。

清晨的山谷，空氣實在太新鮮了，徐雲妮深吸氣，腦內一派清明。

她在布滿晨霧的山坡上散步，不遠處有頭白色犛牛在吃草，她走到旁邊看了一下，問：

「吃早飯呢？」

牛沒理她。

徐雲妮冷笑道：「你做成的牛肉乾還挺好吃的。」

牛這次聽懂了似的，哞哞叫了兩聲。

徐雲妮心情好了，她手背在身後，說：「繼續鍛煉，吃好喝好，爭取把肉練得再緊實一點。」

然後她往回閒晃，走著走著，腳下打了滑，一屁股坐到地上。她兩手撐在兩側，左手感覺摸到什麼軟軟的東西，心道一聲不好，一轉頭，果然是新鮮的牛糞。

她趕緊爬起來，張開雙手，上下看看自己，回頭怒瞪犛牛。

這時，山坡上傳來兩聲笑。

徐雲妮扭頭，看見時訣站在氈房門口。

「妳按到什麼上了？」他明知故問道。

徐雲妮不說話。

「……哈哈，」他憋不住了，忽然笑起來，遠遠指著她道：「徐雲妮，這就是妳什麼都不答應我的下場，活該，牛都看不過去，哈哈！」

山谷中迴響著他清爽的笑聲，他的身影像與霧氣融在一起。

要是路過個僧人，都會拿出法器鎮一鎮。

時訣從山坡上下來，近距離看看她，頗為嫌棄地「咦」了一聲。

徐雲妮看著，問：「你這衣服貴嗎？」

他馬上說：「幹嘛？妳要擦手？徐雲妮妳敢。」

徐雲妮心道，真是越有錢越小氣。

時訣走過去，伸出手臂攬住她的脖子，說：「過來。」

走到山腳下，前方遠山雲霧頓開，忽然落下金光，照得那一汪靜泊像寶石一樣反射螢光，時訣見此美景，腳下一停，忽然說：「我們去湖邊洗吧。」

徐雲妮：「……」

走到那怕是牛糞都要乾了。

「走吧。」他說。

「太遠了。」

「看起來不遠啊。」

不遠什麼……

怎麼才能幫這個缺乏物理常識的人解釋什麼叫「望山跑死馬」呢？

「走。」他拉著她就要翻欄杆。

「哎，哎哎哎……」徐雲妮梗住脖子，「班長、班長，我餓了，我們就在這洗一下，然後快點找地方吃飯吧。」

總算把人勸住，他們回到車旁，時訣從後行李廂拿了礦泉水擰開，在旁邊一點點倒水，讓徐雲妮洗手。

他倒著倒著，打了個哈欠，睡眼惺忪，還沒完全清醒。

水流涼絲絲的，徐雲妮正洗著，時訣的電話響了。

他拿出來接通，說了幾句，然後掛斷。

徐雲妮問他：「經紀人？」

「嗯。」

「有事嗎？」

「問我在哪，什麼時候回去。」

時訣原本定了兩日行程，第三天看情況，今天下午還有當地文化景觀的拍攝行程，李雪琳要跟他溝通拍攝內容，在催他早點回去。

一下子功夫，李雪琳打了三通電話，時訣接得煩，又不能真的把手機關了。徐雲妮就先送他回去，讓他去找李雪琳，她自己在飯店附近找個地方吃飯。

吃完飯，時訣傳訊息，給了她一個房間號

『直接去你房間？』

『來吧，沒人。』

徐雲妮就找去了。

時訣房間留著門，她直接進去，把門關好。

時訣正在洗澡。

房間不大，普普通通的大床房，徐雲妮把包放到桌上，坐在沙發上。

過了一下他披著浴衣出來了。

他問：「妳要不要也洗個澡？」

徐雲妮確實想洗，昨晚條件太艱苦了。

時訣：「妳把衣服扔這，我讓飯店送洗烘乾，用不了多久。」

徐雲妮：「不用，我帶了換洗的衣服，就在包裡。」

時訣動作一停，細眸微瞇，上下打量徐雲妮。

「喲……」他咂著嘴，輕輕搖頭，「我昨晚是真危險啊。」

徐雲妮不接話，直接去了洗手間。

洗手間還殘留著水汽和沐浴乳的香味，她洗了個舒舒服服的熱水澡，再出去的時候，時訣正躺在床上抽菸。

徐雲妮靠在桌邊擦頭髮，問他：「你跟公司的人說了嗎？我在這裡。」

「就李雪琳知道。」

「她不管你？」

「她不管這個。」他抽著菸，分析說：「其實我感覺，她現在巴不得我出點亂子，那她談續約就有優勢了。」

「你要跟他們續約嗎？」

「我沒想好，李雪琳想讓我入股樂陽。」

「才幹了兩年就談入股，他們這麼看好你。」

徐雲妮擦得差不多，把頭髮包起來，清洗熱水壺，然後燒熱水。

時訣悠悠道：「他們不知道我現在寫歌超累，我還真的猶豫過要不要趁這個機會混個股份，樂陽賺錢能力強，門路廣，我幫他們捧 Reve 就行了，以後就靠他們養老了。」

「你現在就開始想養老了。」

「那怎麼辦？」時訣癱在床上，「歌又想不出來。」

徐雲妮燒好熱水，泡了一包飯店贈送的茶包，然後抱起手臂，面朝時訣，開始說正事。

「班長，股份不是混出來的，你肯定要有資金注入，自然人入股也要擔一定責任的。」

「啊……」

「你惦記他們的錢，他們惦記你的人，誰占誰便宜還不一定呢。而且，你又不會一直在低谷，先別這麼急。」

他說：「我急什麼啊？」

徐雲妮說：「不急就行，你這兩年一直在忙創作，就算真要入股，也要把這公司摸透了再說，你的錢也不是大風颳來的。」

時訣看著眼前人，聽著絮絮叨叨的囑咐。

徐雲妮的濕髮被毛巾高高包起，露出小巧的臉頰和纖長的脖頸。在朦朧的陽光照射下，她吹著杯裡的熱水，然後嘗了一口，好像不太滿意，眨了眨眼，但還是接著喝下去了。

時訣叼著菸，問：「那萬一一直在低谷怎麼辦？」

「不會的，你才二十六歲。」

「都二十六了，四捨五入三十了。」

「遠著呢。」

「一晃的事。」

徐雲妮緩緩吸氣，從茶杯中抬眼，她感覺時訣明明已經回過勁了，還非要逮著那一個點不停地說。他就是想聽鼓勵，想聽肯定的言語。

所以她這個月薪都不夠保養他座駕的小小職員，就這麼帶著濃濃的耐心，無數次哄著小朋友說，沒事的，你要有耐心，要有信心，你一定會成功的。

世上哪有這種道理？

徐雲妮微笑著，柔聲道：「班長，您現在看起來比十九歲的時候還水靈呢。」

時訣大笑出聲：「哈哈！」

高興了？

徐雲妮端著茶杯，又抿一口。

說好聽點，返璞歸真，講直點，越大越幼稚了。

時訣興致來了，不停地講。

徐雲妮不讓一句話落到地上，開玩笑，馬主任都能被她哄得服服帖帖，時班長算什麼。

她游刃有餘，甚至還能抽出一部分精力回憶，從前他有這麼碎嘴嗎？

好像沒有。

關於這一點，時訣自己也覺得很奇怪，其實大學的時候，他沒有這麼旺盛的傾訴欲望，那時他們的生活很簡單，吃喝玩樂，她念書，他作曲。可一旦步入社會，區區兩年多點的時間，突然有了無數多的事情想要傾訴。

時訣一邊說著自己，一邊也讓徐雲妮講她的生活。

時訣感覺很神奇，原來他完全不感冒的東西，現在居然能聽進去點了。

他把這個變化當成正經事與徐雲妮說明，她說：「可能奔三的男人就是這樣的吧，班長，我們主任說了，男人年紀越大，就越瑣碎。」

時訣朝她勾勾手，徐雲妮放下茶杯走過去，被他一個擒拿，抱摔在床上。

「妳說誰呢？」

徐雲妮被他抓癢，掙扎著笑起來。

徐雲妮講了很多事，知無不言無不盡，時訣都聽進去了，甚至，當徐雲妮講到那位金句頻出的馬主任的開會日常時，他居然還覺得蠻有意思的。

他想來想去，歸根結底，是因為他們面對面。

隔著螢幕說話，與這樣緊貼著彼此，感受聲音的距離，完全是兩回事。

兩天太短了。

時訣放開她，問道：「你們還有別的活動嗎？」

「什麼別的活動？」

「類似這次這種的，跟你們公司有關，還能讓我來這邊的。」

徐雲妮想了一下，說：「好像沒有了。」

他撐著臉，美人臥榻的姿勢看著她，「妳想一個，妳平時辦法不是很多嗎？」

徐雲妮感覺，時班長有時候靈得要命，有時候那腦子又過於想一出是一出了。

時訣繼續說：「想個辦法，徐雲妮，不是這種一兩天的活動，最好時間能長一點的。」

「哪有這種活動？」

「沒有就想辦法啊。」

徐雲妮凝視著他，沉默三秒，一手放在自己的胸口，誠懇道：「班長，你是不是對我有什麼誤解？我沒有那麼大的能力，我只是開發區一個小小的科員。」

時訣說：「我明天就要走了。」

「我知道，」徐雲妮說：「我累積了假了，下個月就去找你。」

「喲，又開始保證了是吧。」

徐雲妮看著他。

時訣瞇起眼睛道：「幹嘛？一個言而無信的人，眼神怎麼能做到如此坦然的啊？」

「我怎麼就言而無信了？」

「還要我再提醒妳嗎？」

其實徐雲妮，在大多數時間裡，都是喜歡順著時訣來的，但極少數的情況下，她也想刺激刺激他。

「我忘了，你提醒我一下？」

「昨天說的今天就忘，誰說一年就來找我？」

徐雲妮：「我從來沒說過一年，我只說，我一定會找你。」

時訣：「妳不是說妳趙叔出國就來嗎？」

「又篡改記憶了，我說的是，到時候我怎樣都可以。」

「那行啊，妳辭職啊，跟我走。」

徐雲妮緩吸氣，說：「班長，別這麼咄咄逼人，難道你答應的事就全都做到了嗎？」

時訣：「哪樣沒有？」

徐雲妮舉例說明：「你以前不是說，跟你在一起我唱歌就會變好嗎？難道沒有說大話嗎？」

她明顯感覺到，身旁人的火起來了。

時訣撐起身體，伸出一隻手臂，拿住她的下頜。

他氣勢熏灼，聲音反而降得很低。

「徐雲妮，妳想怎樣啊？」

「班長，就事論事，請不要訴諸暴力。」

「徐雲妮。」

「我在。」

「妳給我想辦法。」

徐雲妮一時難以回應。

時訣：「最後這大半年，樂陽肯定往死裡給我堆行程，我跑不出來，妳去了也不一定能見到我。」

徐雲妮張張嘴，沒出聲。

時訣：「所以，還有沒有牛場這種活動？最好時間能長一點，一次到合約到期的最好。」

怎麼可能啊！

徐雲妮已經放棄糾正「牛場」的措辭了，她深吸一口氣，「行，行，我想辦法……」她從他的魔爪中脫離，下地去包裡拿筆記，然後手機裡也翻了翻。

時訣在床上玩著手機，悠閒地等待著。

徐雲妮找了半天，想不到什麼適合時訣參加的活動。

但時班長就在旁邊監督，他等了這麼久，徐雲妮實在不好一個提案都給不出，她思來想去，轉過頭說：「要不，你跟王泰林一起賣杏？」

他的眼神危險地從螢幕上方挑來。

徐雲妮馬上說：「哦，這樂陽大概不能同意，跟他們幫你打造的調性不太相符。」

時訣坐了起來，思考了一下，問徐雲妮：「妳這除了杏，還有別的嗎？」

別的？

也有。

徐雲妮：「農產品方面我們這最多的就是杏，還有蜜瓜、沙棗，然後就是牛奶，乳酪這些。」

時訣問：「賣這些東西流程多久？」

徐雲妮：「很快，上次王泰林來，從瞭解到開賣，一共也就三四天，他們還是單打獨鬥，如果你來，樂陽的團隊肯定會幫你全部弄好，你直播間坐兩小時說說詞就行了。」

「那除了吃的，還有別的嗎？」

也有。

徐雲妮不知道時訣的想法，拿著筆記本，一樣一樣跟時訣核對。

她說，時訣就在一旁聽。

在說到他們開發區的一家服裝紡織廠的時候，時訣多問了幾句。

時訣：「有牌子嗎？」

徐雲妮：「有，叫『衣生有你』。」

「做得怎麼樣？」

「品牌嗎？不太行，但工廠的生產品質很好。」

頓了頓，徐雲妮想到什麼，對時訣說：「不過，這是個有故事的企業。這廠的老闆本來是做工業紡紗的，這家服裝廠完全是他為了帶動家鄉就業投資創辦的，員工有兩千多人，都是當地一些低收入戶和殘疾人，產品不複雜，但用料非常扎實，棉花都是老闆包地種植的，這也是我們這的重點扶持企業。」

「那這廠要比那杏好一點，」時訣下地，取了一根菸，思索道：「我說不定能勸公司搞個大一點的活動。」

徐雲妮：「但他們賣的是女裝。」

「女裝更好。」時訣想了想，跟她說：「妳知道 Reve 嗎？」

「知道，瑤瑤那個團。」

崔瑤出道的節目徐雲妮也看了，這節目目前剛結束沒多久，人氣正處在巔峰狀態。

「你想讓她們來？」

「那團說實話，除了瑤瑤以外都不行，氣質不行，所以時尚資源很差，公司正煩惱呢。她們現在是上不去下不來，與其在那坐著等資源，不如先幹點事。」

「那她們來你能跟著嗎？」

「如果有演出就會跟著，這團基本是我來製作，這邊有演出場地嗎？不要太大的，到時候連彩排帶演出，再加上賣貨，時間會拖很久。」

徐雲妮說：「露天的演出場地行嗎？非常有特色，開過沙漠音樂節。」

時訣好像很有興趣，「在哪裡？」

「就在我們開發區不遠的地方，」徐雲妮說：「下午你有拍攝，明天你什麼時候走？」

「應該是下午。」

「那來得及，明天上午我帶你去實地看看。我們這邊肯定沒有問題，主要是樂陽，我怕樂陽不願意賠本賺吆喝。」

時訣菸抽了一半，頓了一下，頗為疑問地看向她。

「什麼叫『賠本』？」他一副「妳不要胡說八道」的神情，說：「怎麼可能賠，絕對有的賺。」想到什麼，他輕嗤一聲，又說：「徐雲妮，我進公司到現在唯一只出不進的項目就是妳的牛場。」

徐雲妮：「……」

第一，牛場不是我的。

第二，那不是牛場。

徐雲妮看著時訣穿著白色浴袍，坐在沙發上抽菸的樣子，忍不住招招手。

時訣非常不滿意她這招貓逗狗的手勢。

「幹嘛？」

「來，班長。」

「幹嘛？」

「你先來。」

時訣走過去，往床邊一坐，徐雲妮一直維持著手肘撐著身體，趴在床上的造型，就那麼仰頭看著他。

徐雲妮思緒翻飛。

她已經跟時訣聊了很多自己這兩年的生活，大多數內容都交代得很清楚，但也有一些難以啟齒的部分，她從來沒跟他講過。

就比如說，他們澈底失聯的那一年裡，徐雲妮有一次難忍思念，由杜佳介紹，找了一個據說算姻緣很厲害的大師。她算了自己和時訣的八字。大師說得神神祕祕，總結下來是只要堅持就有希望，如果花錢請個法器，希望就更大了。

徐雲妮一聽要收錢，頓失興趣，大師勸說她，錢該花就要花，這男的是萬裡挑一型的，千萬別錯過。

徐雲妮問怎麼個萬裡挑一法？

大師說你這男人命好啊，走財官大運，二十五歲之前是偏官，二十五那年轉正官，然後就是整整四十年大運，有花不完的錢，他九成是要結婚的，妳千萬別捨不得這個小錢。

當時徐雲妮在腦子裡，把「我是一個堅定的無神論者」過了三遍，最後還是消費了。

付錢的一瞬間，她真覺得自己沒救了。

徐雲妮嘆了口氣，一手攬過時訣的腰，臉埋在他後腰的位置，又深深吸了口氣。

時訣無言道：「妳到底要幹嘛？」

吸吸財神爺。

下午三點多，時訣有拍攝行程，他說他順便去找李雪琳聊聊這件事。徐雲妮說那她也趁這個時間聯絡一下上級和企業負責人。

這其實算是突發奇想，甚至可以說是一個有點異想天開的主意，但很神奇的是，當這兩人決定要去做的時候，都沒有半分猶豫，他們都認為，只要辦了就一定能成功。

時訣見了李雪琳面就開始說這事，他說妳看姐，與其找那些不上不下的品牌合作，不如往公益方向發展，而且團裡正好有本地人，這就更好寫故事了。現在時代變了，大牌子不見得就那麼吃香，大部分人都消費不起，提升價值，說不定年輕人更吃這套。現在 Reve 的歌不夠開演唱會，但足夠做個見面會型的 live 演出，專輯已經做了一大半了，我回去幫她們排一排，再加幾首新曲子，一點問題都沒有。

李雪琳聽他洋洋灑灑說一番，問了一句，你是吃大補丸了嗎?

時訣笑著說，姐，妳跟公司說，如果可以，我這就回去幫她們錄新歌。

這確實是個方式，像 Reve 這種有年限的團，成團之後就要開始想辦法賺錢，貨總要賣的，公益總要做的，拉在一起，如果真能像時訣說的再「提升價值」，也不失為一個方法。

主要問題是，這企業他們不熟，什麼預算什麼目標，都不清楚。

拍攝進行了三個多小時，結束後，時訣按照徐雲妮傳的訊息，把李雪琳帶去了「衣生有你」的公司，直接見到了徐雲妮和企業老闆，還有當地的一位長官。老闆姓常，得到消息，特地從兩百多公里外的臨市開車過來，上級也是聞訊趕來，大家一起週末加班。

李雪琳一瞧這陣勢，忙聯絡了樂陽的商務和法務的人，一起視訊參與會議。

徐雲妮把公司獨立品牌的所有產品都拿出來，常老闆一樣樣介紹，地方長官也說了一些宣傳支撐方面的事。他們一口氣談了兩個多小時，基本確定了合作意向。

他們是分開走的，時訣跟李雪琳回飯店，徐雲妮則去送長官。

路上，長官說，小徐，妳有這資源怎麼不早說啊？

徐雲妮說，只是老同學，他最近正好來這邊，就見了個面，他說他們公司非常重視藝人的公益活動，我就幫他聯絡了一下。

長官點點頭，說我們區這批年輕人，跟妳比都差遠了，別說主動幹事了，拿鞭子抽都不動，妳就這麼接著幹吧，小徐，妳將來肯定能行。

徐雲妮笑著說，謝謝長官表揚，那您以後多帶帶我。

另一邊，李雪琳也在車上跟時訣聊。

你女朋友跟我之前想的完全不一樣。

時訣問她，妳想的什麼樣？

李雪琳琢磨一下，說，不好說……

今天，李雪琳與徐雲妮見了面，徐雲妮與她握手，開口一句，雪琳姐，承蒙您的關照了。李雪琳被那視線，被那聲音一裹挾，好感度突然拉得很高，結束的時候，她還與徐雲妮加了好友。

時訣看著車窗外，抽著菸，算著時間，說，我回去錄幾首新歌給Reve，專輯能出來，到時候一起賣。

李雪琳知道，時訣要做這個活動，就是想來這邊多見見他女朋友。

李雪琳也沒什麼反對的，他最受關注的時期已經過去了，現在扒著這事的人不多。而且李雪琳明顯感覺到，時訣興致來了，他已經很久沒有這麼躍躍欲試的狀態了。

每次他有這種狀態的時候，他們絕對都會大賺一筆。

音樂界對YAXIAN的評價，藝術性褒貶不一，但商業性從來沒話說，不管從前，還是以後。

都忙完，已經晚上十點多了。

時訣回屋放下東西就開始寫歌。

已經大半年不怎麼運作的腦子，突然開始想事了，他沒帶琴，就用手機裡的軟體開始寫東西，越寫越投入。

等徐雲妮回來的時候，時訣已經趴在床上睡著了。

手機還拿在手中，另一隻手拿著筆，用的是飯店配備的鉛筆和便箋，上面寫著作曲的草稿。

她把手機和鬼畫符一樣的便箋卡抽走，剛開始動作很小，後來發現他睡得跟死豬一樣，也就不管那麼多了，把他推到枕頭上。時訣感受到被打擾，睡夢中很不耐煩地皺著眉。

徐雲妮幫他把被子蓋好，關了燈，只開著一盞桌子上的小檯燈，拿出電腦開始做活動的資料調查。

她一直忙到下半夜一點半，才躺到床上睡覺。

一進被子，溫熱的氣息包裹全身，時訣似乎下意識地往這邊靠了靠，徐雲妮很快睡著了。

這一晚，徐雲妮做了一個夢。

她又夢到了之前跟杜佳一起去算命的場景，那大師算著算著，杜佳忽然變成了李恩穎，徐雲妮也變小了。

李恩穎拉著她的手，跟那大師說：「這孩子從小不怎麼愛笑，怪嚴肅的，我有點擔心。」

大師叫來徐雲妮，算了半天，煞有其事道：「這孩子命犯孤辰星，性格獨啊。」

李恩穎大驚，說：「但她平時跟小朋友來往很正常啊。」

大師說：「孤辰又不是凶性，只是一種性格傾向而已，善於獨處，喜歡自己做決定，妳做好準備哦，她將來說不定會離妳很遠。」

李恩穎聽得心驚膽戰，念叨著「孤辰」二字，又說：「這不會影響她婚姻什麼的吧？」

大師說：「哎，妳擔心得太對了，她別的方面很靈，婚戀方面很僵硬，不轉彎，她的感情經歷會很少，很有可能認準一個就不回頭的那種，要是碰到壞的，這輩子就玩完了！妳要是想避免這些事……」

然後又開始介紹他的作法專案。

徐雲妮就在他沒完沒了的推銷聲中，醒過來了。

睡眠不太夠，但架不住生理時鐘準時。

窗簾外透著淡淡的清輝，他們不知不覺又睡成了面對面。

徐雲妮看著時訣的眉眼，心想，幸好李恩穎當年沒付那個錢。

如果大師是騙子，他們造成了財產損失。

如果大師不是騙子，真的改動了她的性格，更是糟糕透頂。

她看了一下，時訣忽然聲音沙啞地說：「睡覺啊……」

徐雲妮一頓：「你閉著眼睛也能看見我在幹嘛？」

「嗯……」他喃喃道：「厲害吧。」

總像是記憶裡重複了一萬遍的對話。

徐雲妮坐起來，一拍他後背，「起了，今天還有事呢。」

徐雲妮載著時訣前往之前開沙漠音樂節的地方。

中途，他們路過一片墳地。

一望無際的蒼茫沙地裡，有很多鼓起的墳包，今日天氣說不上好，有淡淡的塵霾，一吹起風，更是迷茫一片，無邊無際。

徐雲妮指著另一邊，說：「那個方向下面，有上千座古墓。」

時訣看看，一馬平川的戈壁，什麼都沒有。

「有保護，不能開發。」徐雲妮說。

時訣問路另一側的墳包：「這些也是古墓？」

「哈，」徐雲妮笑道：「不是啊，是近代的。」

「還能這麼葬？」

「有一些比較早年了。」徐雲妮想到什麼，跟時訣說了一個名字，是個很有名的作家，「她的衣冠塚就在這裡，到底是哪一座沒人知道，因為怕成景點，打擾這一代的安寧。」說著，她又笑了笑，「但我知道是哪一座，是這邊看守古墓的人告訴我的。」

時訣望著遠方，金色的太陽照著金色的土地，晃得他睜不開眼。

他們來到演出地點。

這是當地為了拉動旅遊特地開發的一處小型公園，裡面有滑沙、騎駱駝等沙漠遊玩設施，還有音樂野奢營地，之前音樂節的舞臺還保留著。

吃。

時訣瞧了一圈，說：「這地方不錯啊。」

徐雲妮說：「場地負責人應該已經跟你們公司聯絡了。」

時訣用手機拍拍舞臺的照片，若有所思的樣子，好像在構思著什麼。

徐雲妮沒打擾他，安靜地等他想完，不時看看時間。

時訣的飛機是下午，他帶著包出來的，跟李雪琳說好了，到時直接機場集合。

時訣看完之後，工作人員幫他們準備了午餐，他們找了一個面向沙漠的帳篷，坐在裡面

太陽高懸，已經九月份了，依舊熱得渾身冒汗。

徐雲妮吃著東西，見時訣一直望著遠處的無垠的沙山，好像呆了。

徐雲妮問：「想什麼呢？」

時訣：「……妳說，那個作家為什麼要把衣冠塚葬在這呢？」

徐雲妮：「誰知道，覺得安心？」

時訣依然怔怔地看著遠方。

徐雲妮吃完了，收拾好東西，然後給時訣看了自己的手機。

上面是一個帶著小院子的簡易別墅。

「這是什麼？」時訣問。

徐雲妮說：「我看中的房子。」

時訣還是看著圖片：「在哪？」

徐雲妮：「市中心，離研究院很近，景色很漂亮。」她看向他，「時訣，我是這樣打算的，我們現在的工作都在做，如果你真像自己說的，這行幹不下去了，就帶著阿姨一起來這邊，這裡沒有人打擾。如果你還能幹下去，我們就各自再拚一段時間，你確定好在那邊發展的話，我就找機會直接考過去。」

「啊……」時訣有點猶豫。

「不急，你慢慢想。」

徐雲妮站起來，走到外面，雙手舉高，伸了個懶腰。

時訣看著她站在熾烈光芒中的身形，說：「……那就先幹著吧，等我合約到期了再看。」

「行。」徐雲妮應了一聲，用腳踢踢地上的碎沙。

時訣說：「徐雲妮，我要走了。」

「嗯。」徐雲妮轉過頭來，看了他一下，笑著說了一句「Assalamu alaykum」。

時訣一愣：「什麼？」

徐雲妮說：「之前我幫外國人上種杏的課，一個老外教我的，意思是『願你平安』。」

風吹著她的頭髮從後向前，她嘴角的淺笑，被光與沙遮掩。

這是我對你最深的祝福，願你平安。

只要我們平安，其他一切都可以慢慢來。

時訣看著她，勾勾手。

徐雲妮走過去，彎下腰，時訣一手勾在她的脖子後，揚起修長的脖頸，吻了上去。

那吻輕巧，靜香瀰漫，如同初開的蓮。

宇宙的盡頭，他們會住進沙丘。

徐雲妮覺得，他的眼角好像濕潤了。

她實在沒忍住，偷偷看去。他閉著眼，眼周紅了，皮膚雖然有些乾燥，但實在很美，如同沙漠的玫瑰。

她情難自抑，捧起他的臉，深深吻了下去。

人心總在尋求安寧。

要為崩塌的情緒找一個出口，然後再試著重建，這個過程對於時訣來說，要更為漫長一點。

從質疑，到堅信，他足足花了兩年多的時間。

徐雲妮送他去機場。

為了避免被人看見，她隨停隨走，沒有停留。

下車前，他跟她說：「老老實實等我回來。」

徐雲妮不太懂這個「老實」是什麼意思，以他們兩人的工作環境判斷，到底誰該「老實」一點。

但其實，這個分別也很表面化，他們聯絡得比之前更緊密了，除了一對一溝通，徐雲妮還被拉進了樂陽與服裝廠還有沙漠營地的綜合工作群組。

所有事都在緊鑼密鼓籌備中。

原本是想在十月初的長假做活動，但工作量太大，營地的設備布置來不及，Reve 的歌也沒練完，一直到十月中旬，Reve 才過來彩排。

這次時訣再來的時候，剪短了頭髮，他長長的脖頸再一次像雨後的白蘑一樣，爽嫩的展現出來。

不過，雖然他按計劃跟著 Reve 一起來這邊了，但他遠沒有他們之前設想的那麼清閒。

徐雲妮也一樣。

她一開始幫忙幾方聯絡，後期協議什麼的都走完，她的事基本沒了，回歸自己本職工作。時訣幫 Reve 排歌，每天都很晚，這次樂陽來的人很多，都是奔著 Reve 去的，他們住的飯店跟著的粉絲也多了，徐雲妮不好再去。

她跟時訣只在營地公開見面一次，那是 live 演出前一天，徐雲妮作為開發區的代表，跟著文旅局的人一起出席打造當地旅遊文化 I P 的活動，她全程站在一旁湊人頭。

文旅局的領導跟樂陽方面的負責人見面，時訣腕最大，自然被推了出來。這套流程他駕輕就熟，跟幾個人握了手，然後不時往徐雲妮這邊盯。

徐雲妮老遠就覺得，他玩心起來了。

他好像要往她這邊走，徐雲妮連忙把臉避開了。

結果他沒過來。

徐雲妮在回公司的路上，收到時訣訊息，言簡意賅——『？』

徐雲妮回覆：『人太多了，還有拍照的記者。』

他回覆她：『妳給我等著。』

徐雲妮又傳了幾則訊息，他就不回了。

時訣很快報復了她，他是怎麼報復的呢？

他把原本要給她的 live 演出門票收回去了。

這種幼稚的鬥架模式讓徐雲妮有點說不出的感受，心裡跟撓癢癢似的，好像又回到了學生時代。

演出在週六，傍晚開始，一直到半夜，時訣一整天都在後臺幫 Reve 調整，一直跟到了最後一刻。

演出當晚，徐雲妮也去了，但她沒有票，只能望洋興嘆。她把車停在距離營地幾百公尺外的停車場。這裡車都快停滿了，都是來看演出的人，很多粉絲下了車就匆匆忙忙往營地方向衝。

附近熱熱鬧鬧，燈火通明，小攤販沿著馬路擺了一長排，掛著彩燈，放著音樂。

遠處更是燈光璀璨，在廣袤無垠的戈壁裡，有一處幽紅的營地，中央是一座冰藍色的舞臺，遠遠望去，宛如一艘來自外太空的飛船，停在沙漠中。

徐雲妮來回溜達了一下，然後買了一盒蜜瓜，站在路邊吃，剛放入口中的瞬間，收到時訣訊息，是一張他的自拍，沒有照到臉，是對著胸口往下照的，在車旁的身影——她的車。

徐雲妮差點噎到，連忙捧著瓜趕了回去。

車停在角落，他站在樹的陰影處。

徐雲妮四處看看，拉著他的手臂，把他塞進車裡。她想讓他坐後座，他不管，堅持擠進了副駕駛座。

徐雲妮坐上車，問他：「你怎麼站那了？」

時訣窩在車椅裡，指尖撥撥身上的灰塵，「妳管我站哪？」

「萬一被看到怎麼辦？」

「大晚上的，誰看我？再說了，我哪有那麼出名。」

徐雲妮聞到淡淡的酒氣，這才注意到，時訣身旁放著一瓶已經喝了一半的酒。

「哪來的酒？」徐雲妮問。

他手停下，轉過頭看她，輕輕的聲音從舌尖彈出，「帶來的。」

徐雲妮看著他的神情，沒有說話，她轉向前方，手握著方向盤，卻沒發動，靜了三五秒，又轉過頭來。

時訣把蜜瓜的盒子拿過去，他神色微醺，手上卻特別穩，又了一塊瓜，紅紅的舌頭捲著淺綠色的蜜瓜，慢慢進入口中。

徐雲妮：「瑤瑤那邊結束了嗎？不用你再去了？」

時訣不說話，繼續吃瓜。

營地的舞臺旁，放起煙火。

於黑暗的空中，一閃而過。

遙遠的歡呼聲傳來，但被車子過濾了大半。

他們這裡好安靜，漸漸瀰漫起一股，不可明說的氣息。

徐雲妮盯著他的動作。

時訣吃完一顆，把盒子放在身側，探身與她接吻。

這整場 live 演出都是時訣製作的，他擅長空靈幻想的曲調，但這場演出，他做成了一場熱烈的狂歡，一場非是墮落之感的盛宴，Reve 的七個青春靚麗的女孩，歌聲傳遞的是理想與希望。

雖然聽久了，難免一絲靡麗的夢幻之感。

但也很合理。

因為有時，理想與希望，就是宛在天邊。

當他的氣息襲來之時，徐雲妮的理智就抽離了，她在一秒之內便耽溺其中。抱平時的時訣，和抱發了情的他，完全是兩回事。她尖細的手指鋪在他寬闊的背上，大大張開，摸著他結實的短外套，摩擦著他的後頸與臉頰。在廝磨間，他身上溢出了溫熱氣，溢出了胭脂香，使人無限沉淪，欲念焚身。

「啊……哈……」時訣的身體越來越熱，髮絲凌亂，眉如黑畫，唇如紅燭。

車窗前，煙火伴隨心花，一同綻放。

他們在樂園中擁吻。

徐雲妮時隔多年，再次將自己吻到缺氧的程度，相較而言，他的氣息還是跟從前一樣，他比她投入得多，卻也比她長久得多。

他的手伸到她腹部，向深處觸摸。

有人從車外經過，是停車場的管理人員。

徐雲妮聽到後方有人，她睜開眼，右手扶在時訣的後頸上，輕輕向下壓，不讓他抬臉，自己轉過身。

管理人員敲敲玻璃。

徐雲妮將車窗按下一道縫隙。

車管人員想找有人的車調整位置，幫後面的車挪挪空地。

徐雲妮這車防窺膜貼得嚴實，管理人員靠近了才發現，司機衣冠不整，副駕駛座還有個彎身的男人，他難免尷尬。

徐雲妮面色平靜地看著他，聲音穩重如常，「有事嗎？」

管理人員說：「啊，那個……能不能挪下車，往裡面擠一擠，要停不下了。」

徐雲妮說：「不用挪，我正好要走。」

她關上車窗，發動車子。

時訣軟綿綿地說：「脖子要斷了……」

「斷不了。」徐雲妮手還壓著，其實她完全沒用力，但他還是順著她趴著。

一直到出了停車場，轉進路上，徐雲妮才放開手，但要收回的時候，又被他抓住了。

他穿著一身黑，貼身的羊毛衫，短款的紋理夾克和長褲，羊毛衫的黑比外套和褲子更深一層，他的手放在上面，像塊透明的冰似的。

他剛開始只是握著她的手，後來把毛衫從褲頭裡扯了出來，讓她的手摸到他的腹部。他扶著她的手，越來越向上，衣服掀開了大半，一路摸到了胸膛。

他偷偷斜眼瞧她。

她就像在桑拿房裡辦公，明明臉已經熱得不行，還在專注工作。

她衣服是亂的，髮絲也是亂的。

他心想，下面亂不亂？

她是怎麼做到亂成這樣，還能這麼淡定地說話辦事的？

他膜拜她的臉皮。

「……哈哈。」

他一笑，車內的酒氣越來越重了。

回家路上很順利，一直到出租屋門口，徐雲妮掏鑰匙開門，他們都沒有碰到什麼人。

剛進門，他們再也忍不了了，他抱住她，徐雲妮拿走了他的酒瓶，擰開之後，仰頭就灌。

她想喝它，已經想了一路了。

他明明已經那麼有錢，可帶來的，依然是當年幾十塊一瓶的梅酒。

果然，酒還是熟悉的味道，就跟十八歲那年，他倒給她的那瓶一模一樣。

酒入柔腸，她的身心連著靈魂，一起被點燃了。

他們互相脫著對方的衣服，他把她抱起來，進了洗手間。

「……你是不是比上次壯了點？」剛才在車上摸他的時候，她就想問了。

「我陪 Reve 排練舞蹈了，」他打開蓮蓬頭，跟她解釋，「我掉體重快啊，練起來更快。」

你是橡皮人嗎？捏什麼形就是什麼形……

徐雲妮被淋濕了，他也如此。

感官比酒精先一步麻醉了神經。

熟悉的菸酒，狹小老舊的房屋，一切彷彿時光倒流了。

徐雲妮被他用大手揉捏著，後背的蝴蝶骨像被什麼勒著一樣，緊緊內縮。她的鼻尖輕輕蹭他的臉。

徐雲妮始終覺得，人的一生，大多數事都能自己做主，但也有極少的一方空白，一寸心火，光憑自身，無論如何也填補不滿，無論如何也無法點燃。

他們忘情地糾纏在一起……

他摸她的軟肋，徐雲妮笑出聲來，可能感覺那聲音很好聽，又再去摸。

徐雲妮躲來躲去，最後靠到牆壁上，他擠著她，說：「妳幹嘛啊？」

徐雲妮抬起手臂，抱著他的脖頸，再次親吻。

明明被擠壓的是她，他卻發出了好似難以忍耐的聲音，他抓著她一隻手向下。

徐雲妮按他的意思握住，一邊親吻他，一邊手上動了動，拇指打了個小圈。

她聽到一聲黏膩的呻吟，如同手中觸感，像是撒嬌一樣。

他好像後悔了，又把她的手抬到肩上，他雙手伸到她身後，直接將她抱了起來。她環住他的腰，後背抵著牆壁。

徐雲妮顫抖著想，這姿勢有點困擾，要時時注意平衡……

但這種多方的權衡，又使人心猿意馬，顧左顧右之間，不知何時就會體驗瞬間的酥麻。

他的頭髮被水淋得貼在額前，徐雲妮伸過一隻手，順著他的額頭，將他的頭髮全部捋到腦後。

他像是一隻被捋毛的動物，隨著她的手掌，閉著眼，微張著口，揚起頭。

頭頂的白燈照在他濕潤的臉上，是慘白的調子。

他就像一張會動的電影海報。

從他們身上濺起的水花，在淡光下，好似牛毛，徐雲妮枕著堅硬的牆壁，在一聲又一聲的叫喘中，漸漸生出幻覺，她看見他身後，半空中的細雨裡，有藍色的魚在游，很細很長，幽光粼粼，迷惑人心。

他真美。

從當年在華都的那一眼，一直到現在，徐雲妮始終覺得時訣好美，甚至越來越美。

但其實，自從他入圈，網路上很多評價都說他不好看，甚至還有人評選醜男榜，把他算在裡面。

徐雲妮有點不懂這個世界，她也不想搞懂，那些人太複雜了。

她很簡單。

所有認識她的人都說，她是一個腳踏實地的人，徐雲妮自己也這樣認為，她唯一的飄渺，就是她所愛，他被她藏在心底，外人看不出來，他直通雲端，向寰宇，向山海。

徐雲妮擁抱著他，感受他力量勃發的四肢，還有他敏感脆弱的神情。

她在這淺淺的矛盾中，找到了通往極樂的大門。

他緩和之時，脖頸的筋絡，隨著呼吸跟著動。

徐雲妮看了好久，忽然想上去狠狠來一口……

違法犯罪前一秒，屋外響起敲門聲。

徐雲妮扶住時訣的肩膀，杜佳在門口說：「徐雲妮！在家嗎？我發糕買多了妳要不要？」

徐雲妮想裝不在，不料時訣突然朝門外來一聲：「要，妳放門口吧。」

徐雲妮直接從他身上下來了。

她悄悄來到門旁，杜佳完全沒動靜了，徐雲妮從貓眼裡看了一下，杜佳傻愣愣地站了一下，然後又說：「徐雲妮，妳在家嗎？沒危險吧？」

徐雲妮說：「沒事，我不方便開門，妳先放門口吧。」

「……啊，哦哦！」杜佳回過神，放了東西就回家了。

徐雲妮再回洗手間的時候，時訣像個惡作劇成功的小孩。

徐雲妮過去，抓著他洗完澡，然後他們去了床上。

今晚進了家門，徐雲妮就做好了跟他鏖戰到天明的準備。

但很顯然，她高估了自己，才兩個小時，已經腫起來了。他的呼吸也越來越深，但總歸比她強得多，他出了汗，跪坐在她身上，輕聲說：「徐雲妮，這次走了，下次再來就不知道是什麼時候了。」

徐雲妮心說，我知道，我知道，所以快點，就算把我們掏空了也別停。

結果，什麼時候睡著的，徐雲妮不清楚。

他應該也不清楚。

他在她裡面待了一晚。

早上起來時，他盯著自己下面觀察，琢磨著說：「……是不是泡皺了？」

徐雲妮坐在床邊穿衣服，回身撥開他的手，說：「別摸了，你想吃什麼？我去做一點。」

他又過來抱她。

「不行，」徐雲妮按住他，「來不及了，我今天要去活動現場。」

他像條蟲子一樣扭過來，把臉埋在她肚子上，沙啞地說：「別去了……」

「不行。」

今天 Reve 有與服裝廠的活動，以及首專簽售，地點就在「衣生有你」的工廠廣場上。服裝廠是他們辦公室負責的企業，今天他們的人都要跟著加班，徐雲妮一起床就開始回覆各路訊息。

他手摸到她身後，她剛穿上的內衣，被他解開了。

她又扣上。

他又解開。

她再扣上。

時訣一下子翻身到另一側，冷冷道：「徐雲妮，妳真煩。」

徐雲妮起身，梳理一下頭髮，問：「你想吃什麼？」

「不吃。」

「不吃早飯不行，我煮麵吧。」

她拿著手機看，群組裡通知說排隊的欄杆不夠用了，她一邊打電話調度，一邊從冰箱拿出青菜和雞蛋。

開水咕嘟嘟的，牆上的鐘錶滴滴答答，陽光順著窗臺慢慢地爬。

「你今天不用去嗎？」她問。

時訣：「不一定，有可能晚點去。」

徐雲妮準備好早餐，自己先吃了。

時訣光著身子，躺在床上兩眼發直地抽菸，驀然間想到什麼，又拿著她的本子寫東西。

徐雲妮解決了早飯，跟他說：「我沒有多餘的鑰匙，你出門前把東西都帶好，要是不出門就在家等我，有事打電話。」

他寫歌寫得入迷，頭都沒回，嫌她嘮叨似的擺擺手。

徐雲妮：「別太晚吃飯，麵都糊了。」

他抓來枕頭蓋在耳朵上。

徐雲妮最後欣賞了那彈力飽滿的屁股一眼，背上包就出發了。

第二十七章　哪日相見

徐雲妮下了樓，走出大門，抬眼看。

天氣不算好，還是有點霧霾。

徐雲妮前往服裝廠，門口已經有等待的粉絲，鋪了好多易拉寶和宣傳旗子，她從側門進入，掛上工牌，開始幹活。

因為之前有王泰林做基礎，徐雲妮對賣貨這套流程非常熟悉，她幫忙布置完現場，又被叫去測試直播間，把服裝樣品，還有抽獎用的特殊設計的衣服種類等等，都跟雙方細細核對了一遍。

她中午只墊了一塊麵包，然後又忙起來。

吃麵包時看了下手機，時訣沒什麼動靜，想來正在寫歌。

下午，直播正式開始，然後緊跟著就是簽售活動。

周圍來了不少服裝廠的員工，他們沒見過這樣的場面，覺得很新鮮，遠遠看熱鬧。

徐雲妮忙完，去休息室待命，馬主任他們都在，他們一邊聊著天，一邊喝著茶。

一直到傍晚活動才結束，常老闆滿頭大汗進了屋，要招待他們去廠裡員工餐廳吃頓便飯。

吃完飯，天都黑了，長官們先走。徐雲妮把人都送完，拿出手機，準備問問時訣在哪。

他下午的時候傳了一則訊息給她，說他準備來這邊了。

徐雲妮低頭打字，忽然聽見側後方有音樂聲。

她轉身看了一眼，還是在廣場那邊，路燈下有幾個人圍在一起，裡面有一道穿著灰白色運動連帽衣的身影。

衣服的帽子扣在頭上，背影高大顯眼。

她傳訊息的手停了。

她走過去，離得遠，看著時訣兩手插在衣服口袋裡，跟一群值夜班的員工一起看著一個老頭彈琴，老頭是很明顯的少數民族長相，橫著抱著一把長長的，像是琵琶，又比琵琶細很多的琴，彈出了異域音色。

他一曲彈完，大家都鼓掌，老頭抬眼，跟時訣的視線撞到一起。

也許是音樂人之間特有的氣質，老頭把琴遞過去，用濃濃的口音問他：「你會嗎？朋友？」

時訣笑著說：「我試試。」

他接過琴，在路燈旁盤腿坐下了，他抱著琴，先定弦，然後試了幾個音，再然後，一串簡易的音符傾斜而出。

彈得簡單，又很有韻味。

這偏遠的地界，沒人認識這位「大明星」，大家只知道，一個平常的夜裡，這裡突然出現一個很帥氣的男人，用遠方的樂器，彈出了美妙的樂曲。

徐雲妮看著時訣的身影，沒有再向前。

她像怕打擾到什麼似的，只從人群的縫隙中，看著他的身影。

他戴著帽子，面目在頭頂路燈的照射下，隱匿在陰影中。

徐雲妮活到現在，非常少被藝術打動，但時訣這樣坐在工廠路燈下，神色平靜地給陌生人彈奏的曲調，深深觸動了她。

這大概會成為她帶入墳墓的畫面。

他就像是一朵開在霧霾裡的曇花……

徐雲妮抿抿嘴，看看地面，又看向他。

時訣彈完曲子，周圍人都鼓掌，他對他們笑笑，然後徑直走來。

他走到她身前，順勢攬住她的脖子，掏出菸，咬出一根點著。

他們一同往停車的地方走。

「好聽嗎？」他問。

「好聽。」

「早上寫的。」

「早餐時間？」

「對，厲害吧，哈哈。」

他們上了車，出了工廠，迎著朦朦的月，向遠開去。

時訣應該很喜歡這首新寫的歌，在車上，用手機再次放出來。

徐雲妮看著前方幽靜的小路，感覺這音樂像有法力加成，在布滿灰塵的長河之中，能讓時光靜止，也能讓時光飛逝……

如果問徐雲妮是何時產生的，想要回時訣那邊的念頭。

大概就是從這次活動結束，她送他離開的那天。

在機場，她依舊隨停隨走。她看著後視鏡裡他最後朝她張開手掌的畫面，胸口有些悶。這特別像當年她與他在頌財公館門口分別時的感受，把這隻蝴蝶，放回光怪陸離，花樣翻新的生活裡，雖然現在她並不擔心，他會飛走，但那種離別的苦楚，實在難熬。

而等她回到家中，看到床上還有因他翻來覆去扭動而產生的皺褶痕跡，這種難熬就越發加倍了。

他離開的前一晚，他們沒有做，時訣就那麼放著輕輕的歌曲，抱著她入眠。

徐雲妮感覺，自從上次他來這邊後，他的心態似乎平穩了，他沒那麼急了。

所謂風水輪流轉，此起彼又伏，現在好像輪到她了……

徐雲妮丟了包，走到床邊坐下，疊著腿，一手撐著床，抽了一根菸。

其實，從前的戒斷反應真沒這麼強。

在這之後，徐雲妮連續兩天，做夢都夢到那白花花的屁股，在她面前晃來晃去。

第三天醒來時，她終於有點受不了了。

她去洗手間，看著鏡子裡自己平靜的臉，在心中評價，徐雲妮啊徐雲妮，真是裝腔作勢假正經……

從那天起，徐雲妮開始有意無意地，留意那邊職缺的消息，在閒置時間，也開始看書練題目。

但這事還沒有正式決定，徐雲妮沒有告訴時訣。

他們依然過著並行軌跡的生活，時訣的創作狀態回來了些，她這邊的工作也很順利。

很快就到了年底。

他們都忙得要命，時訣合約到期的日子越來越近了，他經常打電話給徐雲妮，一天一個主意，有時想續約，有時又想自己單幹，還有一次乾脆說自己要退圈去她那裡。在第一次聽他說要退圈的時候，徐雲妮還真把練習停了，結果過幾天他再打來電話，這事全忘了，他大罵一個合作的歌手，說當面一套，背地一套，明明拿著他的歌唱出了成績，背後居然還嫌棄。

『我要把他寫到歌裡罵，等他明年生日那天發！』

從那之後，不管他再說什麼，徐雲妮都繼續看書。

但她依然感覺這事還沒正式敲定。

真正讓她下定決心參加考試的，是過年前夕，時訣在海外進行雜誌拍攝，有一天半夜，徐雲妮突然接到他的跨國電話。

她從睡夢中睜眼，看著手機顯示的來電，還有點茫然。

她接通電話：「……喂？怎麼這個時間打來？」

時訣帶來了一個壞消息。

家那邊有人病倒了。

還不只一個。

吳月祁和崔浩的身體同時出現狀況。

吳月祁的還有心理準備，她這幾年脊椎問題一直拖著不肯做手術，這次是在家裡突然暈倒，要不是家政阿姨在，情況相當危險。

而崔浩這個就藏得比較深了。

崔浩居然中風了。

當年暖兒的事給他打擊很大，雖然他沒有表現出來，加上他稀爛的作息和習慣，多年積壓下來，終於爆發了。

不過好在不算嚴重，在發現一邊臉發麻的時候，他馬上去了醫院，做了個小手術，醫生的意思是暫時不需要支架，但要住院觀察一段時間。

兩人前後腳入院，崔浩是前天，吳月祁是昨天。

「……那邊有人照顧嗎？」徐雲妮問。

時訣聲音沙啞，聽起來好像很累，『我找人雇了個看護看著我媽，我哥那邊，他媽和雯姐在。』

徐雲妮聽出了他的憂慮，她看看時間，說：「我明天……哦不是，是今天，天亮了我就回去看阿姨一眼，你放心，到時我跟你聯絡。」

她緊急請了假，一早就去了機場。

飛機落在她久未踏足的城市，她來不及追憶往昔，直接搭車去了醫院。

吳月祁和崔浩住在同一家醫院，也算是熟悉的地方，就是當初時訣受傷住院的醫院。

徐雲妮順利找到吳月祁，她住在多人病房，正側著身子躺在床上睡覺，她的身體看起來比從前更佝僂了，也瘦了很多。徐雲妮問看護能不能調整去安靜點的病房，看護說現在醫院雙人病房已經滿了。

吳月祁一直在睡覺，徐雲妮就先去看了崔浩。

「喲，小徐！」

徐雲妮進屋的時候，崔浩正盤腿坐在炕……不是，是坐在床上，跟魏芊雯以及另外一位病友打撲克牌。

「崔老闆，」徐雲妮走過去，來到床邊打量他，「好久不見啊，怎麼樣，看起來精神還行啊。」

「是行啊，我本來也沒什麼事啊，一點小毛病。」

崔浩跟徐雲妮說著話，那位病友趁著機會去上廁所，剩下魏芊雯，偷瞄崔浩的牌。

崔浩大咧咧的，好像沒注意似的，但在說話的時候，手看似無意識地動一動，更方便魏芊雯看牌了。

徐雲妮坐那跟他聊了一下，過了一下病友回來，他們接著打。

實在可惜，魏芊雯打牌水準不高，看了牌都難贏，最後崔浩都在亂打了，魏芊雯還是落敗。

魏芊雯把牌丟床上：「不打了。」

崔浩收牌，小小撇了下嘴。

他收好牌，下意識摸口袋，然後看了魏芊雯一眼。

魏芊雯說：「你要是真的活膩了就接著抽。」

崔浩有點不耐道：「跟這又沒關係，那幫我手術的醫生還抽呢，我在樓下都碰到他了。」

魏芊雯斜眼看他，故意地問：「那跟這沒關，跟什麼有關？」

崔浩頓了頓，眉頭緊著，好像想說什麼，但又覺得說了也沒多大意思，悶悶不樂，一頭倒下。

魏芊雯看他這樣，「哎」了一聲，推推他肩膀。

「行了行了，我的，我下次不提了。」

崔浩休息了，徐雲妮和魏芊雯出來聊了一下，徐雲妮詢問了兩人的病情和後續治療。

崔浩的情況還好，魏芊雯說再兩天就能出院了，主要是時訣他媽那邊，肯定要手術的。

「但時訣他媽人特倔，我跟她又不熟，說不上話，崔浩嘴也笨，時訣現在還在國外，挺不好弄的。」

徐雲妮說：「沒事，時訣回來前我來照顧她。」

她與魏芊雯分開，去外面便利商店買了個小信封，然後找家小店吃東西。

吃完飯後，她又沿著路邊找了提款機。

徐雲妮回到醫院，正好看護要去取檢查報告。

徐雲妮說：「我去吧。」

她列印了檢查報告，然後拿著吳月祁的健保卡，去找了醫生。

主治醫師是主任，診室外排了不少人，主任幫人看病，對面還坐了一個幫忙的博士生。

主任在電腦上看片子，然後跟徐雲妮講了一下，總結下來，說一千道一萬，還是要手術。

徐雲妮說行，請儘快安排吧。

然後她出了診室，沒有離開，就在不遠處等著。

過了一陣子，那博士生出來上廁所，徐雲妮跟了過去，在人很少的洗手間門口，她叫住他。

「醫生，請留步。」

那天晚上，吳月祁被換到了雙人病房。

換屋子的時候她依然在昏睡，是看護推床換過去的。

吳月祁半夜的時候醒來一次，朦朦朧朧看見一道人影，坐在一旁的陪護床上看書。

徐雲妮注意到她醒了，放下書過來，彎下腰，輕聲說：「阿姨，您還記得我吧？」

吳月祁的精神狀態看起來不太好。

雖然她以前就不是一個話多的人，在病中，就更加沉默了。

她自然是認得徐雲妮的，時訣已經跟她說過他們交往的事。

吳月祁說：「妳怎麼來了？時訣叫妳來的？哎，這裡不用妳。」說完就咳了幾聲。

徐雲妮幫她倒了半杯溫水，說：「喝點水，阿姨。」

吳月祁搖頭。

徐雲妮知道她說話吃力，就把溫水放在她手邊。

吳月祁的藥有止疼助眠的成分，這些天一直渾渾噩噩，醒來沒多久，又睡著了。

徐雲妮陪了一晚，半夜入眠，在醫院裡的覺特別淺，沒幾個小時就醒了。

她坐起身，先看看手機，托平時人緣不錯所賜，她這假請得容易，她說家人生病，要回老家看看，馬主任很痛快地批准了。

徐雲妮撥開窗簾一角，窗外白茫茫一片。

她回頭看看吳月祁的情況，她依然在睡夢中，睡不安寧，微蹙著眉頭。

徐雲妮穿上大衣，出了門。

剛走到住院大樓樓下，她的手機震起來，時訣來了電話。

『……喂？妳起床了？』他問。

「剛起，阿姨還在休息。」徐雲妮站在住院大樓門口，呼吸著清晨寒涼的冬風，跟他把情況又說了一遍，「……手術肯定要做，我看阿姨沒完全抵觸，我會跟她說清楚。你別太擔心，這病是慢性病，不是一兩天的事，你把你那邊事情做完，這裡我會——」

她話說到一半，沒有打電話的那半張涼絲絲的臉，突然被什麼溫熱的東西貼上了。

徐雲妮嚇一跳，轉臉看去，是一盒加熱過的草莓牛奶。

她再回頭，時訣站在她身後，高大的身形把她完全罩起來了。

他穿著連帽衣，帽子扣在頭上，外面套著短款加厚的棒球外套，原本戴著一個黑口罩，被他拉到了下頜處，勉強遮到下唇的位置。

雖然被掩了嘴唇，從眼睛也能看出，他在笑。

「跟妳學的，從天而降。」他輕聲說。

徐雲妮剛要說話，另一邊肩膀又被碰一下，她再轉過去，面前多了一枝玫瑰花。

時訣問她：「要哪個？」

這是一個睡眠不足的寒冷清晨，玫瑰的顏色在青白色的背景裡，驚人的妖豔。花就像火焰，帶來散發著暖香的熾烈。

徐雲妮本來想問，到醫院幹嘛買玫瑰。但她很快又想到，誰說醫院裡就不能有玫瑰了？誰說人在憂慮和煩惱之時，就不能買玫瑰了？

她看向時訣的臉。

寒冷中，他的面龐看起來更鋒利了。

時訣嫌她反應慢，拿玫瑰花敲她的臉，很有節奏，一下又一下，「問妳話呢，問妳話呢，問妳話呢……」

徐雲妮抓住他的手腕，說：「要花。」

周圍有走動的人，徐雲妮拿過玫瑰花，抬手把他的口罩往上拽了點，「你怎麼這麼快就回來了？」

他們換了個地方，人少一點，時訣說：「那邊拍攝也差不多了，我自己先回來的。等等我上去看一眼，然後要去趟公司，把後面幾天的事推一推，馬上就回來。」

徐雲妮陪時訣上了樓，吳月祁還在睡覺，他看了一眼就離開了。

徐雲妮去外面吃了飯，吳月祁有訂住院部的早餐，但是過於輕淡，徐雲妮怕她沒胃口，又從外面帶回來一份。

回來的時候，吳月祁依然在睡覺。

她九點多才醒來。

那時徐雲妮剛去了躺廁所回來，吳月祁怔怔地盯著一處看。

徐雲妮順著瞧過去，是床頭的一個礦泉水瓶，已經喝光了，被徐雲妮接了一點水，插上那朵時訣帶的玫瑰。

徐雲妮走過去，問：「阿姨，要吃飯嗎？還是先去洗手間？」

「……那是誰的？」吳月祁喃喃問道。

「花嗎？時訣的，他回來了，等等就能過來。」

吳月祁皺皺眉：「他不是在工作嗎？」

徐雲妮：「結束了，沒有那麼忙。」

吳月祁依然盯著那玫瑰，看著看著，不知想到什麼，突然笑了一下。

徐雲妮極少在她臉上看到笑容，問道：「阿姨，想到什麼了？」

靜了一下，吳月祁開口道：「他爸爸也喜歡買這個……」

徐雲妮坐在床邊，問道：「時訣的爸爸嗎？」

「嗯。」

「時訣跟我提過他父親。」

「他提過？他是怎麼說的？」

「他說他爸是一個靠吃花瓣活著的男人。」

「……哈哈。」吳月祁聽了這話，突然像被戳到笑點，「哈哈哈。」她笑到胸痛，直捶胸口。

徐雲妮從沒見過她這樣過，趕緊過去幫她把床調起一點角度，幫她倒了點溫水，讓她舒緩下來。

吳月祁稍緩過一口氣，但還是笑著，就在那說：「他說的對，說的太對了，他關於他爸的記憶，肯定都是花。」

徐雲妮見她好不容易提起一點精神，就順著聊下去。

「阿姨，妳跟時叔叔熟吧？他喜歡買花嗎？」

「……亞賢就住在我家樓上，我們從小認識。」吳月祁看著那玫瑰，回憶著，「他喜歡買玫瑰，每天都買，家裡好多花，後來治病錢都沒了，吃飯都成問題，他還是要買，我問他買點吃的補補營養不好嗎？他說還是買花更讓他感覺快樂。」

徐雲妮低頭看看自己的手掌，說：「時叔叔是個浪漫的人。」

吳月祁「呵」了一聲，說：「他小的時候，存了好久的錢，請我去了一次動物園，就為看一隻白孔雀，他說他就是那隻孔雀。」

吳月祁想著想著，喃喃道：「明明是那麼好的人，為什麼下場會那麼慘呢？」

徐雲妮看著自己的手掌，說：「也許，時叔叔的純淨度比較高吧。」

「……什麼？」

「阿姨，妳知道有些微生物，對生存環境要求很高，要在那種接近無菌的條件下才能生長。也許這個時代對於時叔叔來說，細菌還是太多了，他適應得不好，不是他的錯。」

吳月祁沒有說話，好像陷入了沉思。

其實徐雲妮覺得，吳月祁很羨慕時亞賢，就像她有時候也會羨慕時訣一樣。

她們在屋裡閒聊，沒注意病房門是開著的。

門外，時訣已經從公司趕了回來，他靠在牆壁上，還穿著早上那一身，依然扣著帽子戴著口罩，走廊裡的人來來回回，只覺得這是個身材不錯，個子蠻高的大男孩，認不出他是誰。

他微低著頭，盯著自己的鞋尖，不知在想什麼。

屋裡，徐雲妮抬眼道：「阿姨，其實我感覺，時訣多少也有點那樣。」

「什麼樣？」

「時叔叔那種，孤芳自賞的白孔雀，您不知道，之前他工作都不想要了，說要跟我去流浪呢，嚇不嚇人？」

門口，時訣聽了，口罩下面的嘴唇輕輕一扯。

「……流浪？」吳月祁皺起眉，「他胡扯什麼？妳不能答應他，你們都要工作，有工作生活才能有保障。」

「是啊，您看他這樣，將來要是有了孩子，您能放心嗎？」

吳月祁又是一頓，稍撐起身體，「你們準備要孩子了？」

「之前討論過。」

時訣聽得眼神憑空一晲，斜到另一側。

吳月祁：「會不會太早了？你們還年輕啊。」

徐雲妮：「總歸會有的，阿姨，他的合約很快到期了，他如果還是決定在這邊發展，我也會過來。真定下來，一切都會很快的。」她見吳月祁坐起身了，就把買好的早餐拿來，一一擺好，輕聲說：「我和時訣的親生父母都不在身邊了，就您一個親人，不管怎麼樣，您一定要照顧好身體。」

屋外，時訣仰起頭，看著對面牆壁上的一塊小黑點，老半天也分辨不出是什麼。

過了一下，他直起身，整理表情，一副輕鬆的神態，進到屋裡去。

這天，他們終於定下了吳月祁的治療方式。

晚上，吳月祁堅決不讓他們再陪夜了，讓時訣把之前的看護叫回來。

他們回了家。

時訣真正的家，那個常在麵館後面的小公寓。

這房子之前都是吳月祁在住，整理得非常乾淨。

時訣用冰箱裡剩的蔬菜雞蛋，做了兩碗麵條當晚飯。

他們在時訣的臥室過夜。

洗過了澡，時訣在床上抱徐雲妮。

徐雲妮問：「你不累嗎？」坐了十幾個小時的飛機，還有精力幹這個？

時訣很想說，這不是妳說的，我們準備要小孩了嗎？

但他看著徐雲妮血絲密布的眼睛，最後還是沒出口，他就抱著她，躺在小床上聊天。

徐雲妮躺在時訣懷裡，時訣抽著菸，他們只開了一盞床頭燈，燈光調到最暗。

屋子的格局看起來非常熟悉，好像已經一起住過四年似的。

他們聊了很多事，包括吳月祁的手術和後續的治療安排，還有他們的工作，時訣跟徐雲妮講圈子裡離譜的八卦，時訣說，他不打算續約了，但應該繼續跟樂陽合作，簽製作約，他這邊最近非常順利，再兩個月就能解約，然後成立工作室，再準備演唱會。

這就是他今年一整年的計畫。

徐雲妮「嗯」了一聲。

他們還聊了崔浩和魏芊雯的事。

時訣跟徐雲妮講了一段往事，很早之前，崔浩十七八歲的時候，在圈裡混過一段時間，魏芊雯是他的經紀人，當時除了他，魏芊雯還帶了四五個藝人，相較起來，崔浩條件不是最好的，但他跟魏芊雯是同鄉，都從小城市出來的，魏芊雯就很關照他。

那個年代圈子亂，不管男女藝人，都要經常出去陪老闆玩，他們有一次出去跟人槓上了，對方不玩藝人非玩經紀人，對魏芊雯灌酒。魏芊雯喝吐了也不放過，後來魏芊雯急了，老闆就打了她，一個耳光搧去，跟她說：「妳知道我活到現在，最煩的就是五個字，給臉不要臉。」

那老闆在當地非常有實力，黑白通吃，一通拳腳下來，在場誰也不敢動。就崔浩動手了。

老闆周圍有不少人，但誰也不敢在刀壓在老闆脖子上的時候輕舉妄動。

老闆問他你知道我是誰嗎？

崔浩說不知道，但你知道我活到現在，參悟人生參悟出哪五個字？

老闆沒說話。

崔浩公布答案——一人一條命。

結果那晚，崔浩真就那麼毫髮無傷地帶魏芊雯離開了。

「這是我哥自己跟我講的，但我感覺他吹牛了，怎麼可能毫髮無傷呢？他手臂上有兩條很長的傷疤，有一條差點切斷手筋，他刺花臂就是為了遮這傷的。」時訣笑著說：「其實妳現在叫他不要命地去救雯姐，他也會去的，他就是這種人，但妳要讓他跟魏芊雯戀愛結婚，肯定沒辦法，我哥腦子直，就信一見鍾情，就算八十歲了還是會信的。」

徐雲妮想起白天崔浩讓魏芊雯偷偷看牌的畫面，沒說什麼。

時間越來越晚，時訣碎碎念叨。

他說了一番，發現沒回應了，一低頭，徐雲妮已經睡著了。

他看著她清瘦的身姿與素然的眉眼，看了一下，也睡了。

徐雲妮睡得特別死，一覺到天亮，都收拾完，時訣還沒醒，她親了他一下，自己離開了。

對於昨晚的臥談會，徐雲妮只記得兩件事，一是時訣信誓旦旦地說，崔浩和魏芊雯沒結果；二是他說，他最近工作非常順利，再兩個月就要解約，然後成立工作室，開演唱會。

事後看來，沒一件準的。

徐雲妮請了三天假，算上一個週末，一共待了五天。

但最後兩天，她沒有去醫院，而是走動了幾個事先聯絡好的公司。

這裡面，有些是李恩穎的關係，有些是趙博滿的，甚至還有些是徐志坤的。

找這些人，非常耗時且熬心血，徐雲妮不厭其煩，事無鉅細地詢問、打聽，有些人講講表面話，有些人嘮叨一堆沒用的，有些人乾脆給了她閉門羹。

最後，是徐志坤曾經的戰友幫了她。

那天晚上，徐雲妮陪這叔叔喝酒喝到快胃出血了，這叔叔抓著她的肩膀，說妳跟妳爸太像了，徐班長幫過我太多，他女兒就是我女兒，我肯定會幫妳的。

徐雲妮從這位叔叔家裡出來已經很晚了。

胃裡燒得厲害。

她看看天邊，輕雲遮月。

困難嘛，還是有，但辦法嘛，同樣也有。

徐雲妮拿出手機看看，有幾個未接電話和未讀訊息。

她點了一根菸，順著路往前走，一邊回電話給時訣。

「……喂？」

『妳在哪？怎麼不接電話？』

「剛吃飯呢，沒聽到。」

『喲，「剛吃飯呢，沒聽到」。』

他一陰陽怪氣學她說話，徐雲妮胃裡的不舒服都緩解了。

她笑著說：「幹嘛啊？查我啊？」

『最後一天了，不老實回家，上哪浪呢？』

「我在工作。」

『喲，「我在工作」。』

徐雲妮聽著他清和的嗓音，徹底被逗笑，在冰冷的月下，空無一人的小路上，咯咯笑起來。

「耐心點，」她抽著菸，故意把聲音壓得很低，說道：「我工作忙，也是為了這個家，體諒一下，別這麼不懂事。」

他『呵』了一聲，掛斷了。

徐雲妮搭車回家。

一進門，聞到一股淡淡的香味。

很熟悉的番茄牛肉麵的味道。

徐雲妮走到小廚房，時訣穿著居家白襯衫，米白色的練功褲，光著腳穿著拖鞋，正在煮麵。

徐雲妮的心也跟著煮爛了。

她走到他身後，抱住他。

「幹嘛呢？」

「工作呢，別這麼不懂事。」

「哈……給我吃的是吧？」她醉醺醺地貼在他的肩膀上，聞著他的香氣，說：「我能先吃別的嗎？」

他狹長的眼，斜視著她。

徐雲妮的一隻手滑到他身前，慢慢往下摸。

她又問一遍：「我能先吃別的嗎？」

今日纏綿。

明日分別。

哪日相見。

從他們認識的那一天起，好像永遠在想這件事。但徐雲妮隱隱覺得，能思考這件事的時間，越來越少了。

窗外天邊，昨日重現。

微風吹開細紗般的雲網，露出月亮，純白耀眼。

唯一的差別，今夜的月更圓。

第二十八章 春光日暖

徐雲妮回去上班了。

這班一邊上著，她一邊研究回去的方式。

而時訣那邊，幾乎是徐雲妮前腳落地，後腳就出了問題。

準確來說，不是時訣的問題，而是樂陽出事了。

他們一次內部聚會被人檢舉，警方突襲了聚會地點，把所有人帶走了，也包括時訣。

幾乎是同時，網路上出現一段影片，就是當晚從聚會流出的，內含多個歌手嗑藥的畫面。

這影片很快被封了，但有人提前存好，私下傳播。

一石激起千層浪，一日之內，這事成了全國關注，霸榜熱搜，所有人都在討論。

那兩天徐雲妮跟時訣失聯了，她打電話問崔浩，崔浩說時訣還在警方那邊被問訊。

第三天，時訣終於有消息了，他打電話給徐雲妮，說了情況。

『林妍說找我談解約我就去了，誰知道這群人又開始犯病。』

他聲音聽起來有點啞。

徐雲妮說：「你別上火，警方對你做檢查了嗎？」

『做了，』他說：『血檢尿檢毛髮全做了，我沒有事。』

但這事似乎不是一個簡單的「沒事」就能平穩度過的。

雖然警方後續發表的公告裡明確了毒檢陽性人員沒有時訣，那流傳的影片裡，時訣也只是坐在角落的沙發上看手機，但很多人依然想借著討伐林妍等人的社會聲浪，把他一起按死。

甚至，對他的討論比對林妍等人的討論更多，畢竟林妍是真的過氣了，而 YAXIAN 正當紅。

『就是說這行有不幹這個的嗎？』

『早看出來了，YAXIAN 的歌都有一種致幻性，他不嗑就怪了。』

『他檢查不是陰性嗎？』

『一丘之貉，只不過這騷貨早被包了，後臺強大，懂得都懂（捂嘴）。』

『他媽的這傢伙能不能離 Reve 遠點啊！之前還有那麼多人嗑他跟瑤寶，我真他媽要吐了！』

徐雲妮告訴時訣，不要看沒用的，先好好休息一下。

找了個週末，徐雲妮坐週五晚上的飛機，又去找他了。

她直接去了他家。

但卻在樓下發現了不速之客。

徐雲妮覺得，可能丁可萌留給她的印象太深了，以至於她一見到類似的「狗仔」，老遠就能聞出味來。

一個男人從車裡出來，背著相機，他在路邊小店裡買了瓶水，然後對著公寓抽了根菸，像在研究什麼，又回到停在路邊的車裡。

徐雲妮一開始還不算確認，她在暗處拍了照片傳給專業人士看。

過了一下丁可萌回覆：『我認識他！圈裡很有名的，他肯定是想拍時訣吸毒實證然後敲詐他一筆，或者賣給對手！你們小心一點哈，全屋窗簾都不要有死角，他們這種都帶無人機去的。』

徐雲妮正跟丁可萌聊著，時訣也傳來訊息。

『晚上想吃什麼？』

徐雲妮回覆他：『你現在在哪？』

時訣：『飯店這邊，最後收拾點東西，就不回來了。』

徐雲妮：『你在那等我。』

徐雲妮與丁可萌聊了一下，搭車回了頌財公館。

之前李恩穎和趙博滿出國，這邊的東西沒怎麼動，想著以後回國，還是要有個落腳的地方。

車庫裡停了三輛車，鑰匙都放在家裡。

徐雲妮挑了一輛低調的，車膜貼得嚴實的，把拆開的電瓶接上，檢查了一下，開去接時訣。

她還是讓他準備好，然後直接下地下室。

時訣一上車就抱了過來。

距離上次分別也就一週，但這次擁抱，卻比離別之時重了很多。

真新鮮啊，徐雲妮拍拍他的後背，心想，跟時訣在一起，生活真是永遠不無聊，天天都有新花樣。

車上，徐雲妮把在他家門口見到的告訴了他。

「你最近別回去了，先在我那過度一下，然後再看情況。」

他「嗯」了一聲，徐雲妮一邊開車一邊看他，他正弄著包裡纏在一起的電源線。

他注意到她的視線，問：「幹嘛？」

徐雲妮：「我檢查一下你有沒有瘦。」

正好等紅燈，時訣放下電源線，把臉湊過來，在她臉上一頓蹭。

「哎……」那鼻尖蹭得她直發癢。

「哈哈！」

他們回到頌財公館。

因為是臨時起意過來，房間都沒收拾，家具都用防塵布蒙著，地上也落了一層灰。

他們沒全部打掃，只把三樓徐雲妮的臥室整理出來了。

他們也沒買吃的，徐雲妮叫了兩份外送。

兩人在一樓餐廳吃飯，一邊吃一邊聊。

「林妍他們現在什麼情況？」

「還拘留呢。」時訣一腳踩在凳子上，拌開麻辣調味料，「拘了五個，在查，其他的都走了。」

「都問你什麼了？」

「就問我對這事瞭解多少，我說我不知道，我把手機給警察看了，林妍就是約我去談解約的。」

「你們公司多少人吸這個？」

「呵，還有呢，我不是跟妳講了？」

「你什麼時候跟我講了？」

時訣從紅辣辣的飯盒裡抬眼，徐雲妮被他涼絲絲一看，忽然想起，好像是有一天晚上，他跟她講了不少離譜八卦，但她太睏，沒細聽。

「啊……那你解約的事談得怎麼樣了？」徐雲妮問。

時訣說：「我跟李雪琳說了，但現在樂陽亂成一鍋粥，我們老闆也被抓了，沒人處理這個。李雪琳還挺幫忙的，跑了好幾次總部，但這事她說得也不算。」

「你跟李雪琳合作得怎麼樣？」

「不錯啊，她比林妍可靠多了。」

「你還想接著繼續跟她合作嗎？」

時訣扭頭：「妳要挖她啊？」

徐雲妮吃得比他快，吃完飯不喜歡乾坐著，拿著杯茶走到他這邊，就靠在桌旁看他。

「你要是覺得她行，我就幫你問問。」她喝了口茶，又說：「不過還是要優先把你的合約解了。」

徐雲妮看過時訣的合約，是那種到期未解約就自動續約一年的，這種情況時訣肯定不可能跟樂陽再續了，必須早日脫身。

她說：「解約必須你們老闆簽名嗎？肯定有授權代理吧？」

時訣：「不知道，一問就是老闆馬上回來談。」

吃完飯，收拾好東西，徐雲妮回到房間起草了一份正式的書面郵件，通知對方解約意願和理由，讓時訣寄給樂陽，然後保留好證據。

週末，徐雲妮讓時訣在家等著，自己約見了李雪琳。

她把見面地點約在一處洋樓，這排洋樓是民國時期建的，是古蹟保護建築，裡面開設了下午茶館，是附近有錢又有閒的太太們聚會聊天的地方。

徐雲妮跟李雪琳聊了一下午，天南海北。

李雪琳跟徐雲妮說，老闆恐怕要被判刑，解約的話妳直接去申請仲裁吧，走得乾乾淨淨的，以前就有藝人這麼幹過。

徐雲妮問她，雪琳姐，時訣現在這個情況後面該怎麼辦？

李雪琳說，他現在風口浪尖，說什麼都沒用，就藏著吧，偶爾出來做點活動證明沒被封殺，不能過於張揚，怎麼也要緩個一年半載的，就當放個假。

徐雲妮問，那他想開演唱會的話……

開不了，李雪琳擺手，一年內絕對不可能，兩年內能開都不錯了，唉，這種創作型歌手心態很敏感的，就怕他一蹶不振了。

徐雲妮點點頭，又問，雪琳姐，我看妳比上次見瘦不少，時訣的事讓妳受累了吧？

哎呦，李雪琳一下子打開了話匣子，說不是因為時訣，時訣挺省心的，主要是這公司……

Blablabla……

其實李雪琳一張嘴，徐雲妮就聽出了她的意思。

她覺得，李雪琳也差不多明白她是什麼意思。

但兩人還是在這你推我扯，拉拉扯扯老半天，最後才談到關於跳槽的事。

又是一番拉扯，畢竟條件還沒談，話不能說太死。

徐雲妮不急，只確定了她有這個意向，就說下次把時訣叫來，細節再一起談。

週日，徐雲妮研究了一下仲裁規則和合約約定，與時訣商量，現在還有時間，我回去做申請準備，如果樂陽再沒動靜，我們就走這個方式。

這是週日的大中午，陽光從屋外照進，時訣如同一塊黏土，趴在床上滑手機。

不管徐雲妮說什麼，他就應聲，問他有什麼意見，沒有意見。她想怎麼辦就怎麼辦喲。

徐雲妮悄悄走到他身邊他都沒發現。

他居然正在網路上跟黑粉吵架。

他的小號ＩＤ——「最愛泰山辣麒麟」。

一個黑粉在他被考古出來的舞蹈影片下罵他去死吧，他劈里啪啦打字——

『你骨灰受潮了他都不會死的（奸笑）。』

徐雲妮抱著手臂看他罵人，一邊說：「你號碼什麼的小心點，有些平臺透過手機號碼能查到本人的。」

時訣說：「沒事，我上網都是用我哥他老舅的號碼。」

行。

心態可以。

有這心態什麼難關過不去。

徐雲妮倒了杯咖啡幫他腦子增加燃料。

當天傍晚，徐雲妮離開了，她跟時訣定好，下週再來。

結果，事態一天一個樣，也不知道誰恨時訣恨到巴不得他一切都毀了，挖來挖去，再次挖到她的頭上。

網友們神通廣大，扒出了徐雲妮現在的工作地點，然後順藤摸瓜，聯絡上時訣之前屢次去她那邊做活動的事。

一時間謠言又傳開了，有人說時訣做慈善的企業就是徐雲妮家裡的，說時訣假慈善，左手導右手，矇騙大眾。還有人說，之前說他們已經分手的人呢？出來啊，這都跟嫂子幽會到大西北去啦！

Reve 的粉絲也不滿，說 YAXIAN 這不就是借我們 R 寶幫你們情侶賺錢嗎？一對狗男女要不要臉啊？

甚至還有人，打投訴電話到當地市政府檢舉徐雲妮，說她有問題。

後來消息到了他們辦公室，徐雲妮被馬主任叫去問話，她如實說明。

「啊……」馬主任捧著保溫杯，有點聽愣了，「你們還有這層關係。」

「對，我們之前是同學，但中間斷了一段時間，也是這次他過來之後才重新聯絡上的。」

「那他們檢舉的內容……」

徐雲妮簡單地把趙博滿的事說了。

「他跟妳媽登記了嗎？」

「沒有。」

「現在呢。」

「他們都不在國內。」

「那他就是跟妳一點關係都沒有，」馬主任放下保溫杯，點點桌面，「妳不用管，妳進來完全合法合規，如果叫妳去問情況，妳就說妳完全不知道！」

那天晚上，徐雲妮獨自前往，那個杜佳曾經帶她去的沙漠，她再次爬上沙山。

此處，遼闊依舊。

大風吹過，風雲變幻。

她正欣賞雄奇的美景，時訣又打來電話。

自從她這邊被人扒出來，時訣再也不是之前那悠哉遊哉的狀態了，他準備起訴幾個人，徐雲妮讓他先處理解約的事，告這些人不急。

『我明天的飛機，』他說：『我去找妳。』

「你千萬別過來，航班都能查到的，你這時候來這邊就是落人口實。」

『怕什麼。』

「時訣，別這麼急，有點耐心，」徐雲妮望著遠方，說：「這裡什麼事都沒有，過幾天我就回去了，我保證。」

徐雲妮聽到點菸的聲音，然後是他格外真誠的一句話。

『徐雲妮，妳的保證我真有點信不過。』

「這次絕對是真的。」她說：「乖啊，寶寶。」

時訣：『……』

她聽了連續幾聲重重的呼吸，最後他終是淺淺『嗯』了一聲。

這次，徐雲妮還真是說到做到，超有效率。

徐雲妮甚至覺得，這是一件好事也說不定，因為她現在還在試用期，眼看就要轉正了，等轉正了想換地方就比較困難了。

打電話檢舉的人很多，上面讓本單位自行處理。

徐雲妮找到馬主任，與他說明了自己的想法，馬主任最近也被這堆檢舉搞得有點煩，關鍵是以前沒碰過這種事，上面就說要合規處理，又要重視輿情，等於屁都沒說。

馬主任還是讓徐雲妮再考慮考慮，把這陣子撐過去就沒事了。徐雲妮依然堅持，最後馬主任也沒卡她，他是覺得徐雲妮這事有點委屈，說：「妳別擔心，檔案裡肯定會幫妳寫好看點，妳休息一陣子，將來要是還想幹，找好地方還能再考。」

徐雲妮對馬主任千恩萬謝。

最後這些天徐雲妮非常忙，她找在這邊熟悉的企業和朋友們都吃了飯，留好聯絡方式，然後她打電話給時訣，說要借錢。

『啊？徐雲妮妳有病吧？』時訣問她，『妳要多少？』

徐雲妮把那個帶院子的，像沙漠綠洲一樣的小房子買下來了。

她甚至臨走前還栽了一棵杏樹。

他們肯定會回這邊的，在那個霓虹燈影的絢麗城市待累的時候，他們會來這裡曬曬太陽。

流程走得很快，徐雲妮打包行李一件一件寄回時訣那邊。

下一次見面，是在ＳＤ舞社。

徐雲妮沒讓時訣接她，她自己搭車到舞社門口。

上午舞社不營業，商業街上也沒什麼人，很多店還沒開，一片寂靜的冷調。

徐雲妮拍拍畫滿塗鴉的大門。

門幾乎瞬間就打開了，快得徐雲妮愣了一下。

時訣看著站在門口的女人。

她穿著一件棕色的毛呢大衣，黑色長筒襪，腳下是一雙黑皮金扣的樂福鞋，頭戴著一頂酒紅色的貝雷帽，手邊是一個皮箱。

她看起來就像是一位民國時期歸國的知識份子。

時訣張張嘴，輕聲問了一句：「……真的假的？」

徐雲妮說：「我說話算話吧。」

他又問一遍：「真的假的？」

徐雲妮笑笑，鬆開箱子，抱住他。

這是一個春天，萬物復甦的季節，離她的生日也沒差幾天了。

一切剛剛好。

第二十九章 養一隻大貓

徐雲妮在店裡見到了七〇九室的那兩張沙發，放在二樓的練舞房裡。

沙發有點舊了，但看起來卻更有韻味。

舞社中間重裝潢過一次，風格依然復古，比幾年前更多了一層厚重感。這店一晃已經開了十多年了，能堅持這麼久的舞室不多，又連續出了時訣和崔瑤兩個當紅藝人，完全不愁生意。

崔浩已經不上課了，Delia 也不上了，時訣說舞社已經換了好幾批老師了。

時訣幫她泡了杯咖啡，然後就擠到沙發上膩起來。

沙發明明有兩張，非要坐一起，她正常坐著，他則像條要被曬乾的魚似的，一長條橫在她身後。

徐雲妮嫌擠，坐了一下就去窗前喝咖啡，看著外面漸明的天光，有點發愣。

時訣又喊她過去，徐雲妮過去陪他一下，她看著他懶洋洋躺在沙發裡的樣子，又有點恍神。

光陰好像一瞬間就慢下來了……

她碰碰他的頭髮，然後捏捏他的耳垂。

時訣說：「徐雲妮，買個房子吧。」

徐雲妮說：「買不起。」

時訣玩著她的衣服，說：「沒事，妳老公我小有積蓄。」

「行啊，你選好地方了嗎？」

「沒有，我懶得找，妳來吧。」

「嗯。」

「再買輛車？」

「不是有車嗎？」

「哦。」

「妳想買就買，有看好的嗎？」

「還沒，我在網路上挑好，你去試駕？」

「行。」

他們閒來無事，聊了好久，基本都是時訣提建議，然後徐雲妮應下。時訣側過臉躺著，因為擠壓，臉上的肉堆了起來。

他淡淡道：「徐雲妮，妳是許願盒嗎？」

她說：「我是寵孩子家長。」

「哈哈！」

時訣老大一隻身體在笑聲中輕微抖動，他伸手，長長的手臂輕易就到了她面前，捏她的下巴，低聲道：「妳越來越沒大沒小了啊。」

徐雲妮說：「對不起班長，我總忘記你比我大兩歲。」

「諷刺我是吧？」

他笑著，抱著她倒下去，膩了一下，一個打挺又起來了，「不行，這施展不開。」

他們回了頌財公館。

回去幹嘛呢？

開啟沒羞沒臊的生活。

生活的節奏完全變了。

時訣也搬了一些東西到頌財公館暫住，除了日常衣物和樂器設備，最多的就是他買來的各種昂貴酒品。他們一起泡澡，一起喝酒，在她的房間裡上床做愛，做完了就抱在一起聊天，聊睏了就睡，醒來再做，餓了就叫外送，或者點些生鮮蔬菜，自己開火。

這種沒日沒夜的生活，過了不知多少天。

徐雲妮感覺自己走路虛浮。

「……這樣下去可以嗎？」

每當她這麼問的時候，時訣都會說：「怎麼不行，反正我們現在也沒事。」

徐雲妮想想，好像也是，尤其是時訣解約的事情，經過李雪琳幾番跑動，樂陽那邊終於點頭了，合約已經準備完了。

他們就更閒了。

又過去幾天。

一日清晨，徐雲妮隨便套了一件吊帶裙，出門倒垃圾，這是她這幾天活動的最大範圍，就是把生活垃圾放到院門口，等物業清潔來收。

天仍然非常冷，她小跑出去，想快點回去，忽然看見院子門上停了一隻鳥。

徐雲妮至今都不知道那隻鳥是什麼品種，牠有很長的尾巴，灰黑色的羽衣裡，還藏著一抹湛藍的羽毛。徐雲妮忘記寒冷，站在那看牠梳毛，梳好之後，牠抖抖翅膀飛走了。

徐雲妮回到屋內，因為在外時間長了一點，再吸室內的空氣，忽然聞到一股說不出的靡靡之意……那氣味，那氣氛，就跟進了盤絲洞似的。

她走到廚房，燒了一壺水。

這是第幾天了……

他們除了吃喝拉撒和上床，有幹別的事嗎？

不過他說，這樣很正常，因為他們現在都沒什麼事。

徐雲妮試著進一步思考。

為什麼會沒事呢？

哦。

因為他們……都失業了。

不對，更準確來說，是她失業了，因為他沒事還會彈彈琴，寫寫歌。

認清了這個事實，徐雲妮澈底怔住了。

她聽到身後有動靜，然後她被抱住。

「水都開了。」

他把熱水拿開，看她還沒反應，就把她轉了過來，面對自己。

徐雲妮沒說話。

他把她的裙子提起來，直接蹲了下去。

徐雲妮兩手扶住他的腦袋瓜。

他蹲在地上仰頭看：「不要？」

徐雲妮沒說話，時訣笑了一下：「不要我？」

他一笑，眼睛總是彎的，漆黑的眸子，晶晶亮亮。他馬上要二十七了，身型比年輕時候瘦了一些，骨骼輪廓倒是越發清晰，被落地窗照進的光打出一圈光輝。

徐雲妮就鬆開了手。

她仰著頭，兩手抓著灶臺的邊緣，越來越緊，心跳越來越快。

她迎著窗外的清光，慢慢閉上眼睛。

清涼的早晨，無言的小樓。

這是盤絲洞。

也是伊甸園。

徐雲妮的生日在頌財公館辦的，他們開了個趴，把舞社的人，還有王泰林他們，甚至連丁可萌都叫來了，全都是老熟人。

時訣裝了一套新的音響，還裝了新的氣氛燈，買了好多酒，訂製了滿屋的甜點飲食，在屋裡玩得昏天暗地。

徐雲妮之前有跟時訣說過，或許可以把王泰林拉到他們這邊，王泰林現在發展不上不下，但是有一定實力，也有一定基礎。

時訣覺得可行。

徐雲妮就幫他們創造了個空間，帶到二樓，讓他們單獨談。

時訣中途出來一次，一開門，見到一個鬼鬼祟祟的身影在門口。

「瑤瑤？」

崔瑤嚇得一哆嗦，梗住脖子，看著時訣。

他穿著深紫色的條紋襯衫，頭髮都梳到了腦後，襯衫的細紋和耳環同時反射著淡淡的銀光。時訣的容貌，如今有種洗盡鉛華的氣息，他那麼日夜顛倒，又很少做皮膚護理，臉上自然有著歲月的痕跡，不再像從前那樣張揚華美，但神態的韻味，卻更加深入人心。

時訣笑道：「幹嘛呢？」

崔瑤：「你們在聊什麼？」

時訣：「跟王泰林嗎？聊合作的事。」

「他會加入你的工作室嗎？」

「可能吧。」

崔瑤低下頭，靜了一下，說：「……那我們團到期解散了，我也能去你那嗎？」

時訣：「當然。」

他心說妳就是搖錢樹啊，妳不來都要想辦法拐妳來。

崔瑤又看看他，欲言又止。

時訣：「怎麼了？」

崔瑤很擔心，小聲地問：「她能同意嗎？」

「什麼？」時訣沒聽清楚，低頭問，「誰同意？」

「你女朋友……」

時訣一愣，明白了她的意思，他「啊」了一聲，張開口，不知道該說什麼，最後又

「呵」了一聲，大手蓋在崔瑤頭上。

崔瑤感覺，這一下按下來，無聲勝有聲，就好像再說——妳不瞭解她，沒關係。

崔瑤一直覺得，時訣的工作室，徐雲妮肯定要大權在握的，她會把他死死圈在自己的領地裡，但她想錯了。

徐雲妮除了在工作室剛成立，準備各種手續和拉人入夥的時候，使了點力氣，其他的什麼都沒管。

她跟時訣的工作方式不太一樣。

這也是她在同居過程中逐漸發現的，因為之前他們從來沒有像這樣長時間相伴生活，工作更是從沒攪到一起，難免有些不適應的地方。

就像這次生日趴之後，時訣跟徐雲妮說，他跟王泰林說好了，過兩天談細節，妳幫忙看著點。

徐雲妮就當正經事辦，認真準備了對雙方來說條件都還可以的合約，還過了幾遍設想的談話預案。

結果倒好。

這王泰林打著「談細節」的旗號，跟時訣天天喝酒吹牛，他跟時訣講帶貨圈子的事，時訣跟他講樂陽那些奇葩的事，聊得沒完沒了。

一連幾天，徐雲妮準備得整整齊齊去找他們，遇見的都是不堪入目的畫面。

她沒表示什麼，撿起空酒瓶和衣服，還拿薄毯幫他們蓋上。

劉莉對目前王泰林的情況大加抱怨。

生日趴那天，劉莉就找徐雲妮說，自從王泰林工作重心轉到帶貨，唱歌時間少了，憋得難受，就天天在家唱，洗澡也唱，幹活也唱，甚至有時候床上都唱，聽多了簡直煩死。

她問徐雲妮，時訣會嗎？

會。

但時訣不是唱歌，而是彈琴，他寫曲的時候從來不管身邊有沒有人，或者別人在幹嘛，琴聲總是很明亮。

好聽是好聽，但有時不免有些打擾。

劉莉說她一旦提醒王泰林小聲點，他就會生氣，說妳以前不是喜歡我唱歌嗎？現在不喜歡了？

「哈哈。」徐雲妮聽得好笑。

劉莉問她怎麼調節。

徐雲妮說她會這樣想——

「萬一明天他死了，就再也聽不到了。」

劉莉：「……」

徐雲妮看向餐廳裡，那個笑著跟吳航他們敘舊的身影，思緒如輕煙。

時訣注意到什麼，眼神轉來，他們在燈影閃爍的碎光中相視，他嘴角往旁抻了抻。

徐雲妮也回了溫柔的笑。

生活，總歸需要一點智慧。

抱著每天都是最後一天的心情過，抱著每一面都是最後一面的心情見，很多事自然會回歸本質。

時訣的工作室順利建成了。

徐雲妮就開始著手考試了。

時訣一開始很不滿，說妳幹嘛還考試，妳在我的工作室幹不行嗎？

徐雲妮心裡想的是，我跟你的工作風格南轅北轍，我們搞在一起絕對會出問題的，但她口中說的是：「李雪琳也來了，當初談的時候就說好把運營這塊都給她，我要是在，難免要分她的權，我們這就成了普通夫妻店了。這種小作坊做不大的，做公司就要儘量規範，我明面上不參與，但你們有什麼事，我肯定會幫忙的。」

時訣覺得有點道理，就不情不願同意了。

生活嘛，總歸需要一點智慧。

這一年，他們忙了很多事，買了房子，買了車，並把吳月祁接到家裡。

吳月祁經過治療，身高多了十幾公分，腰能直起來了，雖然還不能完全挺直，但比起以前好太多。她現在每天負責幫他們做做飯，然後去醫院那邊做復健。

時訣開始捧王泰林。

他並不露面，只參加了一些很小的商業活動，樂陽的事漸漸沒什麼關注度了。

網上都說，YAXIAN 已經過氣了。

第二年，徐雲妮再次考上，涉外商事法律。

他們一下子又忙了起來。

捧王泰林這事，比時訣想得要順利，一開始他是按照王泰林的風格想要量身定做，後來發現效果普通，他就隨便甩了一個以前的曲子。那是他之前跟英暉較勁的時候，寫的一堆廢曲中的一首。結果沒想到，這曲子被王泰林的大嗓一唱，負負得正，土中帶潮，潮中又透著土，突然爆紅，活躍在晚上九點的全國廣場舞音響裡。

時訣一看這樣，就把之前的廢曲改一改，都給王泰林了。

有一個週末，他們都在家，時訣躺在床上，徐雲妮正在加班工作，她想到什麼，說：「我前幾天上班的時候，聽見我們科長的手機鈴聲是王泰林的歌，嚇我一跳。」

時訣斜眼看她：「那是我的歌。」

徐雲妮停下打字的手，過來親了他一口。

二十八歲的時訣，還是像個小孩一樣。

時訣看著親完自己，順便去泡茶的徐雲妮，看著看著，就睡著了。

再睜眼時，她依然坐在桌前工作，她被午後的光照耀的身影，跟記憶裡的一些畫面重合了。

他心想，當年七〇九室午睡的他，大概就是穿越到現在這個時刻了。

對於徐雲妮的工作，雖然時訣總讓她講給他聽，但他確實完全聽不懂。

他只關心她科長被懷疑出軌，然後妻子來公司鬧，徐雲妮差點遭殃這種八卦事件。

但他們的工作也不是完全沒有交集。

某年某月，時訣被一個圈裡聊得來的歌手請客喝酒，原本以為只是普通喝個酒，聊個天，沒想到喝到一半，歌手介紹了一個朋友給他，說是自己的表哥，做進出口生意的。

表哥過來跟時訣客客氣氣聊了大半天。

時訣坐在沙發裡，已經喝得微醺，尖長的皮鞋踩在矮桌上，手夾著菸，半扶著額，說：

「到底什麼事？」

表哥說：「時老師，我們真不想打擾您，但是是真的遇到困難了，是這樣，有件小事，想請嫂子幫個忙……」

時訣回去把事情跟徐雲妮說了，徐雲妮打了幾通電話，聊了一陣，事情就差不多了。

時訣趴在沙發上看她，她處理完，跟他說：「我今天去了Delirium，你不是在那存酒了嗎？我用了。」

時訣：「跟誰用的？」

徐雲妮：「李雪琳。」

時訣：「誰讓妳們用了，我在那存的都是收藏酒，賠錢。」

徐雲妮又說：「還有崔哥跟我說，他跟雯姐要自駕出去玩，我讓人把西北那邊的房子收拾出來了，晚上你勸勸媽，看她想不想去，崔哥說可以帶著她一起玩。」

時訣覺得，徐雲妮很神奇。

很多人都說愛人在一起久了，就沒新鮮感了，但時訣完全不這樣想。

他反而覺得，時間越久，徐雲妮在他眼中越神奇。

她從西北回來這麼多年了，每次逢年過節，仍然會打包這邊的特產，寄給她曾經的馬主任，和聯絡至今的杜佳一家人，以及她各地的朋友們。

而他們家也總會收到天南海北的物產。

每年過節，徐雲妮的拜年訊息和電話，一夜都不會停。

這種事時訣絕對幹不出來。

但可能正因為這樣，徐雲妮行走世間，聽六路，觀八方，做很多事，都顯得輕而易舉。

就像她有一次要告造謠他的黑粉，也是只打了一通電話，等了沒多久，就出結果了。

他問是誰弄的，徐雲妮說，你還記得顧茗清嗎？她很擅長名譽權官司。

時訣認真想了一陣子，才隱約想起這麼個人來。

徐雲妮很喜歡幫助別人，這毛病……哦不，這習慣至今依然。

她有時甚至會搞到他這邊，在她公司裡，知道他的人不多，她上司算一個，這位上司的女兒是學播音主持的，畢業那年想去參加選秀，想簽個可靠的公司。徐雲妮聽那意思好像是想找 YAXIAN，就來問時訣，時訣看完資料說拉倒吧。

「完全沒有培養價值嗎？」她問。

時訣夾著菸，回頭道：「唱歌水準還不如妳。」

徐雲妮：「……」

但他最終還是幫這女孩找了一家還算有良心的公司，上司非常感謝她。

徐雲妮走了過來。

她都沒動作呢，時訣就把自己臉上，她最喜歡親的位置轉了過去，跟反射似的。

他一邊被她親，一邊在心裡吐槽。

自己只有三十幾歲，正值盛年，體格矯健，腦子卻越來越慢。

跟一隻大腦萎縮的家貓似的。

這完全是徐雲妮的責任。

第三十章　霓虹星的軌跡

他們是哪年結婚的呢？

大概也是那個時候。

之前關於結婚，他們一直不急，自打住到一起，每天忙一忙，膩一膩，時間一晃就過去了。

那次，是徐雲妮無意中知道了一個訊息。

她出差去了趟首都，把自己的事情辦完，還是照例見了老朋友。

是她在華衡的同學王麗瑩。

王麗瑩入職了檢察院，但人的風格依舊沒變，她還沒結婚，制服一脫就開始搞二次元，說自己賺那點碎銀子全買周邊了，徐雲妮約她出去吃飯，兩人逛商場王麗瑩見到周邊店就往裡鑽。

她看著一個限量版美男手辦走不動，徐雲妮要買下送給她。

王麗瑩覺得太貴了，徐雲妮說沒事。

「有點小錢。」

「喲喲喲喲！『有點小錢』！我什麼時候能要這種帥啊！」王麗瑩高興壞了，抱著禮物跟徐雲妮去吃飯。

兩人選了一家西餐廳，一邊吃一邊聊天，王麗瑩拉著徐雲妮要聽娛樂圈八卦，徐雲妮跟她講了一堆，聽得王麗瑩頻頻爆粗口。

「我靠我靠！這淫趴有錄影嗎？能看看嗎，絕對不外傳！」

「沒有啦。」

作為交換，王麗瑩也跟徐雲妮講了很多案子。

其中一個案子，跟娛樂圈有關，是去年一個大型娛樂集團的老闆被抓了。

「後面的人倒了，」王麗瑩小手一抻，「下面一脈都帶出來了，這娛樂集團是其中一個，妳知道這案子有多誇張，這老總兒子，帶毒約炮，搞出事好幾個，長得人模狗樣的呢，哎，我有照片，我給妳看看。」

徐雲妮在那張照片裡，見到一個人。

這人她從未真正見過面，只是大學時，時訣給她看過一個舞蹈影片，他把那當成他哥的糗事講給她聽的。

徐雲妮的記性非常好，她還記著她的樣貌。

那是暖兒。

徐雲妮問王麗瑩：「這個女人什麼情況你們知道嗎？」

「不知道，失蹤了，唉，應該是沒了。」王麗瑩說：「這男的前兩年也病發死了，純純變態，找那些想一步登天的小藝人，把人染上病了就送去國外，說是幫忙治，結果出去的沒一個回來的，之前勢力大都壓著，嚇不嚇人？」

徐雲妮靜了好久，拜託王麗瑩一件事，讓她盡可能把暖兒相關的事查一查，然後告訴她。

大概一個多月後，王麗瑩寄來了幾本書給她，說是之前調查時，暖兒租房的地方剩下的，房東收拾起來沒扔。

徐雲妮掛了電話，拿著快遞回車裡拆開。

中午，她開車去公司接時訣。

時訣的工作室構造簡單，一樓就是一個大型的專業錄音棚，加上舞蹈房和會議室，還有個休息區，弄得跟個 bar 似的，存了好多酒水。位置離崔浩的舞社不遠，工作室地址不公開，正門也永遠關閉，只在門口掛了一個牌子，上面用誰也辨認不出的花樣字體寫著「YAXIAN」的名字，打著非常暗的背光，每日換一支新鮮的花。

時訣從後門出來，正值夏天，他穿著白色短袖、長褲，兩手插口袋，戴著鴨舌帽，一路碎碎念，上車了還在念。

「這個王泰林我真服了！」他關上車門，「逮著一首歌沒完了，他就唱不膩嗎？新歌不要，非要我做 Remix，下次大概要我弄 Extended，他乾脆自己去唱無電版本得了！他聽不煩我都要做煩了，我們到底誰替誰打工？」

他抱怨了半天，發現隔壁一點動靜都沒有，車也沒動，他轉頭看徐雲妮，忽然「哦」了一聲，說：「差點把我氣忘了……」

他探身過來，抱住她，親了一下。

「時訣。」

他親完她，徐雲妮終於轉過臉來。

時訣看她的神情，頓了頓，終於意識到什麼。

「怎麼了？出什麼事了？」

「我跟你說一件事。」

徐雲妮把暖兒的事告訴了他，然後把王麗瑩寄給她的那幾本暖兒的書也給他了。

時訣拿著書翻看，有兩本小說和兩本漫畫，都是盜版，品質很差，舊到發黃，印刷都脫色了。

小說是言情小說，漫畫是少女漫畫，講的都是愛情故事。

如果細翻一下，還能看出，這些愛情故事，都是以大叔和少女為主題。

時訣看著這些東西，聽著徐雲妮講的內容，腦子忽然陷入了混亂。

他想起很久之前，暖兒剛跟崔浩出現狀況時，崔浩一直抓狂地說，她一定是被欺負了。

當時，他們所有人都在笑話他。

徐雲妮說：「對方專挑這種沒什麼背景的小藝人下手，應該是美言誘惑，暖兒應該也是因為年紀小，以為沒什麼事，想走個捷徑，一查出有病害怕了，被送出國後就澈底失聯了，這男的前兩年也病死了。」

徐雲妮說著，轉頭看看他，「這事要告訴崔浩嗎？」

時訣沒有說話，好像又沉陷在回憶中。

徐雲妮伸出手，把他抱入懷。

她說：「不告訴他了。」

崔浩依然不結婚，魏芊雯也不結婚，但他們總在一起，去參加活動、去看圈裡的比賽、去各地旅行。

舞社的牌子也從「Silent Dancing」改回了原來的「HUMM」，很多事，就像被抹去的名字，成為了永遠的寂靜。

他手上的書隨便翻開著一頁，徐雲妮餘光正好瞧見上面一句話。

「人能相依，堪比奇跡。」

說得真對。

徐雲妮感受著掌面下，他後背的起伏。

靜了好久，時訣低聲說：「徐雲妮，我有點難受。」

她把他抱得更緊，剛想說點什麼安慰他，他閉著眼，貼在她臉邊，嘴唇往她這蹭了蹭，又說：「徐雲妮，我們結婚吧……」

其餘的話都咽下去了，徐雲妮說：「行。」

於是，在一個風和日麗的午後，他們順理成章地成為了合法夫妻。

這件事給他們兩人的觸動都挺大的，尤其是徐雲妮，雖然她表面沒什麼反應，但她屢屢做夢，夢見時訣被壞人抓走。

她從夢中驚醒，看看枕邊沉睡的人，心中產生了一種無法解釋的責任感。

徐雲妮覺得，她要保護時訣。

後來有一天，徐雲妮上班，辦公室來了張新的辦公桌，同事在抬，徐雲妮想著去幫個忙。

「一、二、三——哎！」

徐雲妮當時勞心勞力，那天早上吃得不多，突然一發力，居然眼前一黑直接暈過去了。

當然，她很快就醒來了，出了一身虛汗，同事嚇得要死，說：「我們都打一一九了！」

徐雲妮擺手說：「我沒事，有點低血糖了。」

科長過來，奉勸了一句：「都要鍛煉身體了，這是本錢吶！」

徐雲妮深以為是，就這身子，工作都不順利，能保護誰啊？

徐雲妮終於把鍛煉正式提上日程，她安排了一份詳細的健身計畫，寫著寫著，突然意識到，為何捨近求遠？能鍛煉的地方不是近在咫尺嗎？

徐雲妮就去舞社了。

那個時候時訣正在忙著幫王泰林排他演出的曲子，徐雲妮自己找崔浩，說想運動一下，崔浩這時候已經四十好幾，沒天天待在這邊，讓店長陪她選課。

店長和幾個任課老師都認識徐雲妮，一個hiphop的老師強力自薦。

「我我我我我！」他舉起手，用力拍胸脯，「姐！我來教妳吧！」

男生叫無尾熊，今年二十歲，性格非常開朗，眼睛特別圓，一頭自然捲，人很瘦，卻非常有力量。他總穿著寬鬆的T恤和牛仔背帶褲，彈跳力驚人，用力一跳能摸到天花板。

店長說無尾熊的課別的不說，運動量絕對達標，而且他特別擅長帶成人組的課，會烘托氣氛，嘴也甜，很多上班族姐姐都喜歡他。

徐雲妮就報了他的成人組小班課，一共四個人一起上，另外三個兩個是上班族，一個是大學生。

無尾熊上課風格非常歡樂，總逗得大家哈哈大笑。有一天，崔浩回店裡，正好看見徐雲妮下課，在休息區喝水，無尾熊圍在沙發旁，一口一個姐，熱鬧地聊著天。

崔浩自然明白無尾熊的意思，店裡很多小孩都想扯上時訣這根紅繩，往圈子裡進。

徐雲妮去更衣室換衣服，無尾熊嘻嘻哈哈地準備去前檯拿水，一轉身看見崔浩。

「崔哥！」無尾熊又過來熱情地打招呼，「你來啦！」

崔浩看著他那一嘴大白牙，不禁琢磨著，他這店以前是這風格嗎？到底什麼時候起，招來這麼多吉祥物的？

崔浩點點頭，準備走了，他走了兩步，還是停下，回頭跟無尾熊說了句：「你別太用力了。」

考拉既眨懵懂的眼：「嗯？」

好像沒懂。

崔浩沒再說，離開了。

某天晚上，時訣坐在桌旁，疊著腿，夾著菸，正用電腦在改歌。

徐雲妮從屋裡出來，換了一身運動服，背著一個背包，到廚房裝了一壺溫水。

她隨口道：「現在有沒有什麼公司招人？」

時訣眼睛不離螢幕，說：「招什麼人？」

徐雲妮擰上壺蓋：「唱跳類的？我幫無尾熊問問。」

「一直有招人，但沒可靠的。」時訣抽了口菸，淡淡道：「這又是妳哪個上司的親戚，是真人還是動物啊？」

徐雲妮笑了，把運動水壺放到包裡，說：「我的舞蹈老師。」

時訣：「啊……」

也許是因為大腦萎縮的緣故？徐雲妮都走到門口換好鞋了，時訣的視線才從螢幕上抬起來。

他轉頭的時候，她門都打開了，他只來得及重複一遍：「……妳的『舞蹈老師』？」

徐雲妮：「對，崔哥那的，不是跟你說過了？我先走了，媽燉的湯你別忘了喝。」

門關上了。

房子瞬間安靜下來，只餘電腦輕輕的風扇聲。

時訣看了門的方向一陣子，然後回過頭，把菸熄了。

這天晚上，徐雲妮的課結束，沒馬上走，幾個人在教室裡閒聊。

無尾熊上完課總會跟她們玩鬧一下，他開始例行展示他的人生絕技——摸天花板。

他一個衝刺，一個起跳，一個趔趄，「哎哎哎……」結果這次沒成功，稍有些失衡，他落地了連頓幾步，差點栽倒，被前方的徐雲妮和另外一名學員接住了。

「哈哈哈！」無尾熊穩住身型，「丟人了丟人了，地怎麼這麼滑？我——欸？YAXIAN老師？」

徐雲妮手裡還扶著無尾熊，聽他這麼說，轉過頭去。

時訣兩手插口袋，斜倚在後門門口，正看著這邊。

原本在教室裡笑顏逐開的幾名學員，見到突然出現的時訣，紛紛小聲驚呼，捂住嘴。

他們都認識時訣。

能不認識嗎？時訣的飲料代言廣告照就在舞社走廊裡掛著呢。

但除了舞社工作人員，極少人知道徐雲妮與他的關係。

時訣穿著貼身的白色圓領襯衫，外面是一件硬版黑色外套，黑色長褲，外套敞開著，筆直的鎖骨連接著脖頸，外套款式很短，長度到腰附近，顯得腰身凹進去些，腿也長到離奇。

他只看了一眼，就走了。

他們下課了，崔浩和魏芊雯也在店裡，甚至Delia聽說今天人齊，都帶孩子過來玩了。他們在休息區裡坐著聊天，不熟的人不敢湊過去，只有偶爾一兩個膽子大的，過去跟時訣要合影。

崔浩看見這邊下課了，招呼無尾熊，「過來。」

無尾熊看著時訣，有點激動，也有點緊張。

崔浩：「過來打招呼啊！你不天天叫著要見YAXIAN，幹嘛呢？」

無尾熊過去，十分侷促，對著時訣一個九十度鞠躬，「YAXIAN老師好！」

時訣一副萬年不變的做派，挺大一隻窩在沙發上，左腳腳踝搭在右腿上，手裡玩著一串手機鏈子，臉上表情，閒適而風涼。

「教什麼的？」他淡淡問。

「……啊？我嗎？」無尾熊說：「Hiphop！Popping也行！我、我從七歲就開始學街舞了，New Style的我都可以！」

他結結巴巴自我介紹，激動得聲音都在發抖。

時訣聽完，不鹹不淡「哦」了一聲，說：「我還以為你是教跳高的呢。」

周圍學員都知道無尾熊的摸天花板絕技，瞬間爆發大笑，無尾熊的臉像爆了漿似的，紅到發紫。

徐雲妮趁這個機會，從後面溜進了更衣室。

她離去的身影落在時訣眼中，狠狠翻了一眼。

時訣翻的這一眼很隱蔽，沒被徐雲妮看到，也沒被無尾熊看到，倒是被一個遠處的學員看到了。

她是跟徐雲妮一起上小班課的那個大學生，叫阿婧。

阿婧看看時訣，又看看走進更衣室的徐雲妮的背影，心中難掩激動，趕緊掏出手機，打開一個群組。

群組裡一共四個人，都是舞社會員，她們都是同好，來這裡除了學舞，還有別的目的。

此群組的名字叫——「陰溝裡の嗑藥雞」。

此群組的簽名叫——「真夫妻才最好嗑！！！！」

崔老闆這間舞社自從時訣和崔瑤出名後，來了很多湊熱鬧的粉絲，想要蹭人，但時訣那幾年很忙，來得次數不多，而且時間通常都在關店後，碰不到幾次，崔瑤也是如此，漸漸地，這些人就走了個七七八八。

但也有少數真心喜歡跳舞的粉絲堅持下來了。

其中，就有群組裡這四位，屬性非常統一，都是CP粉。

其中兩個人一開始是嗑時訣和崔瑤的，後來換嗑真夫妻檔了。

在聽說徐雲妮要來學舞的時候，此群組激動得尖叫一整晚，阿婧就是群組裡派出的臥底，她最近閒，就跟徐雲妮報了同樣的班，負責傳送徐雲妮的一舉一動到群組裡，然後大夥一起幻想大戲。

群組裡四個人年紀都不大，都是大學生，剩下三個人今晚有事不在，阿婧就幫他們直播。

『靠靠靠！我姐翻白眼了！翻白眼了！！！！！』

『？！？！？RQ￥？%@￥？%VT』

『為什麼啊？？是不是吵架了？？姐夫什麼反應啊？』

『姐夫沒理他！！！進更衣室了！』

『好爽！』

『我姐眼睛超冷，剛才那一眼把我看高潮了。』

『太喜歡姐姐的冷臉了，婊氣沖天，以前長髮的時候更喜歡。』

『我靠我靠！姐夫出來了！！！！』

『@#￥@￥B：然後呢然後呢？？？B@』

『姐夫在後面看著我姐！！我靠我靠！大夥都去舞蹈教室了！！！！！他們要幹

嘛？！？？！』

『妳快去啊！！！！』

『馬上馬上，我幫妳們先拍一張……』

『[圖片]。』

『靠——！我姐這大平肩！！！這小細腰！！！！這後頸髮！！！！！！！！不行了，○○要冒煙了！！！！！！！』

『再也別相信網路上小聾瞎們的對比圖了，真的，我姐就是跟凡人不一樣！』

『他們好像要跳誒！！！！！店裡所有老師都去了！！靠靠靠，我要去擠位置了！！！！！』

『讓我過去啊啊啊啊啊！該死的晚課啊啊啊啊啊！！！！！好不容易同框了！、我好想做一隻會飛的蟑螂啊啊啊哎哎嘔嘔偶偶偶！』

咆哮的言辭，伴隨著各種發大瘋的貼圖，一路火花帶閃電地洗版上去。

剛剛還在上課的教室，關了大燈，點亮了炫目的背光，學員們把教室圍得水泄不通，連站帶坐足足圍了三圈人，時訣就坐在鏡子正前方，一手撐在身後，手邊放著毛巾，他用手機鼓搗了一下，音響裡響起一首強節奏的歌曲。音樂響起的時候，教室的氣氛瞬間變了，大家的精神完全被點燃，幾乎所有人都掏出了手機。音樂的鼓點敲得整個教室都在震動，崔浩走到裡面，回頭問：「沒人來啊？」他指著那幾個店裡年輕的老師，「天天說要機會，不是不給你們，把握不住別怪別人啊！」

這話就像扔進鞭炮庫裡的菸頭似的，一下子把房間點著了。這幾個年輕老師果然上來了，別的不說，店裡的教學團隊從崔浩那一代就沒差過，獎項拿到手軟，一開始還只是個人展示，慢慢的，就有那麼點 battle 味冒出來了，氣氛越來越濃厚。

無尾熊上去的亮相動作依舊是個大幅度的 Bounce，他小個子大框架，所有動作都做到最滿，大幅度的 Body wave 和力量爆發，他平日體力就好到炸，又有點人來瘋的屬性，越跳越嗨。他跳到後半段，周圍忽然爆發震耳欲聾的歡呼，他想著自己也沒做什麼高難度動作，正疑惑著，一轉頭，看見時訣來到了候場區。他脫了外套，整個人很輕鬆，隨著音樂做著簡單的律動準備，那麼若有似無地瞧著他。

無尾熊腳下拌蒜，一個動作差點出了問題。

周圍的年輕老師都看到了，指著他，對他喊：「哎哎哎哎！你別怕啊！」

Battle 看的是什麼？是技術，也是氣勢，有的人，一旦上了臺，哪怕只是在候場區，所有人的視線，他們的注意力，他們的手機方向，都自動聚焦了。

無尾熊心裡知道不該慫，但還是有點露怯，跳到最後，好像聽崔浩喊了一聲：「掉拍了！幹嘛呢！」他再一看時訣，四目相對，臉上突然又燒著了，時間都沒到，匆匆下場。他一屁股坐到其他老師身邊，終於活過來了。腦子稍清醒一點，又被周圍恐怖的歡呼和尖叫淹沒了。

無尾熊看向場中。

真要說，時訣的技術比他高出多少個等級，其實也不至於，但時訣身上有一種氣質，有一種對節奏的天然掌控感，他每一根髮絲，每一根汗毛，都知道該如何向他人展示。

他好像就是為此而生的，只要他來到場地中央，每一次呼吸，每一次轉眼，嘴角每一分毫的移動，都像是透過精密儀器計算，生成了最讓人發狂的形態。

他只挑一下眉，拍一下手，整個世界就被輕鬆點燃。

崔浩私下跟身邊的 Delia 說：「媽的，這兔崽子絕對熱過身後來的。」

無尾熊一直盯著時訣，他們的技術風格其實差不多，都是大框架 hiphop，也夾其他元素。時訣一個 breaking 的地板旋轉定點到他的方向，還對他笑了一下，那瞬間，無尾熊什麼技術分析都忘了。

其實時訣這並不算嚴肅意義上的 battle，更像是一場表演，好像在說，今晚我心情不錯，來跟我一起玩玩。

只要他發出邀請，就沒有人能拒絕。

這是無尾熊夢寐以求的能力。

他看著看著，不知不覺跟周圍人一起歡呼起來。

阿婧幫已經開了群組視訊的陰溝嗑藥雞們高舉起手機。

時訣跳了好幾段，中間休息的時候，他貼著觀眾走一圈，碰到他喜歡的音樂片段，就再跳一段。他跳得出了汗，汗越多，頭髮就越黑，朱唇越紅，甚至貼身的白衣服都能看到凸點，他絲毫不在意，有幾縷髮絲因為汗貼在兩顆，打了個彎，他的舞蹈動作隨著身體狀態的變化，跳得越來越開放，很多動作，尺度越來越大，連店裡的老師們都看得面紅耳赤。

眾人的尖叫聲快把音樂蓋住了，阿婧一手抓著身邊一位根本不認識的姐妹，兩人都不敢看了，一邊閉著眼睛毫無意義地嘶喊著，一邊互相攙扶，儘量不要暈過去。

有一個人，站在人群之中，看著跳舞的男人，相對平靜一些。

平靜不是說不被觸動，只是見慣了他這副樣子，總歸不像第一次那麼誇張。

時訣從進了教室開始，視線就再也沒跟她對上過。

徐雲妮大概，有那麼一點淺淺的感覺，他為什麼要這樣。

時訣跳完結束，路過這邊時，終於賞臉看了她一眼。

這一眼，再次被嗑藥雞群組記錄下來，雞崽們對這一眼的形容就是——「傲裡透著涼」。

『完了我靠，我姐今晚怕是要被操哭！#：！#「￥！：#：！#：』

『不行了，我已經開始吸氧了。』

『我們姐發情是這樣的（捂嘴）。』

『羨慕姐夫！！！（爆哭）（爆哭）吃得太好了吧（爆哭）（爆哭）（爆哭）（爆哭）（爆哭）！！！！！！！』

而徐雲妮從這一眼裡感覺到什麼了呢？

是曾經時訣跟她打電話，無意中說過的一句話——

「想讓我吃醋嗎？想多了吧？」

很多人都說時訣很冷，架子大，高高在上。但徐雲妮卻覺得她先生非常純潔，有時候純潔得甚至有點冒傻氣，他居然會把自己放到跟杜威和無尾熊這些人同等的位置來思考問題。

徐雲妮離開教室，去二樓的練舞室。

要說時訣頭腦簡單？也不是，只是他對待感情，真的很純淨。

這種純淨，從他們相遇的那一刻，到現在，一直讓她心馳神往。

不知過了多久，門開了，時訣溜溜達達走進屋，他衣服濕透了，換了一件留在店裡的帽T，還是有點熱，袖子拉到手肘。

他看見徐雲妮，正準備想點什麼詞來陰陽一番，結果下一秒就被徐雲妮堵在門上吻住了。

時訣消耗了體力，身姿有些懶散，被動地接受著一切。

等她移開點，他垂眸看她，張口淡淡地呼吸著。

「幹嘛？」他輕聲問，「不是說在店裡要正經點嗎？」

徐雲妮：「你剛才跳的那個叫『正經』？」

「哈……」時訣忍不住，笑出來了，他聽出了徐雲妮的質問，看出了徐雲妮的癡迷，所以更加不急不徐了，懶洋洋道：「隨便跳跳，好久沒動了，怎麼，只允許妳運動嗎？」

他清涼的嗓音，濕透的髮梢，還有腳上那雙帆布鞋，讓徐雲妮覺得，他今晚就算想當太上皇也沒什麼問題。

樓下的教室裡還響著音樂，但他們先一步離開了。

時訣心情特別好，不想坐車，說要散步。

徐雲妮讓他把衣服的帽子扣上，然後幫他戴上口罩，時訣無奈道：「我現在人氣還沒王泰林高，擋什麼啊。」

徐雲妮還是都幫他弄好，才順著街道往前走。

他們一邊走一邊閒聊。

時訣示意旁邊，「還記得這家商場嗎？」

「記得，我們第一次在這裡約吃飯。」

「吃什麼？」

「麥當勞。」

「記性不錯啊。」

徐雲妮笑著說：「點了兩份套餐，一份鳳梨派，一共八十八塊三，你付的錢。」

時訣一愣，轉頭看。

徐雲妮走在路上，她穿著一身深藍色的運動服，因為要運動，平日總是紮低的頭髮，今日換成了高馬尾。

「天啊，妳記性這麼好嗎？妳還能記住什麼啊？」

「關於你的嗎？」她淡笑道：「什麼都可以。」

時訣又愣了，然後，口罩下的嘴角向兩旁扯了扯，他伸手，握住她的手，塞到自己的衣服口袋裡。

夜晚的路，燈火霓虹。

街上那麼多人，偶爾會有人因為這二人的身材氣質，瞄來一眼，但只是一閃而過。

只有一雙眼睛，一直盯著。

那就是阿婧。

她實在沒撐住群組裡人的發瘋，就悄悄尾隨出來了。

她在群組裡直播。

『還在散步。』

『轉彎了！』

『我靠我靠牽手了？！？！？！？』

『去了一座天橋上，我在下面呢。』

『姐夫在幫姐姐拍照！』

『好像是姐姐想照一張和月亮的合影？』

『……怎麼還沒照完？』

『都十五分鐘了……』

『真服了，姐夫都快趴地上幫他照了！拍一張過來檢查一張！拍一張過來檢查一張！我姐也太龜毛了！』

『二十分鐘了……我姐太臭美了，各種造型拍＝＝』

『我靠衣服都脫了，換裡面的背心接著照了！』

『媽的總算照完了，歷時二十六分鐘……我的天吶！這世上除了我姐夫還有誰能這麼寵著他……』

『他們好像要去飲料店。』

『點了什麼啊……我放大一下看看……』

『姐夫去廁所了。』

『我姐等的好無聊。』

『哈哈！我姐吸管喝水嗆到了！哈哈哈！他拿吸管用力戳冰，幼稚報復！哈哈哈哈！！！！』

『W@#%……』

阿婧蹲在路邊的草叢裡，最後一句話剛打了一半，身前落下一隻手，抽走了她的手機。

「……欸？」

阿婧回過頭，發現徐雲妮站在身後。

阿婧：？

阿婧被當場抓包，兩眼發直。

徐雲妮拿著她的手機看，阿婧慢慢站起來，腿還有點麻了……

阿婧偷看徐雲妮的臉，一開始她的心情是那種搞怪被抓的小窘迫，後來看徐雲妮平靜的臉色，越看越不對勁，就有點緊張了。

徐雲妮從手機裡抬眼，「誰讓妳拍的？」

她這一眼看來，還有這一句的語氣，讓阿婧心臟都嚇抽了，徐雲妮跟平時上課時看起來不一樣，特別讓人緊張，又很冷漠，不近人情。

阿婧張口結舌：「不是，姐，沒人讓我拍，我就是，就是……」

徐雲妮：「妳知不知道未經同意對他人進行跟蹤拍攝，是要承擔法律責任的。」

阿婧差點哭出來了：「姐對不起！我真的不是私生飯！我們就是、就是想看看你們……」

徐雲妮拿出手機對著她的手機做了一番記錄，阿婧越看越害怕，說：「姐妳要幹嘛啊？」

徐雲妮沒有說話，她收集完證據，把手機還給她，「我會對妳提出侵權訴訟，我通知妳學校，妳自己去告訴妳家長吧。」

阿婧驚呆了，她臉色煞白，兩腿一軟直接坐在地上大哭起來。

徐雲妮站在那看了她很久，直到自己手機震了一下。

時訣：『妳掉廁所裡了？』

她回復：『沒有。』

時訣：『哈哈！我就說妳便祕吧！妳乳製品吃太多了，讓妳的馬主任少寄一點吧。』

徐雲妮緩緩吸了口氣，眼睛翻到天上。

月亮鑾亮的，天上只有一顆孤星。

她盯著看了一下，然後再看看時間，覺得差不多了，「要給妳次機會嗎？」

阿婧哭得渾身發抖，抬頭看。

徐雲妮垂眸道：「問妳話呢，要給妳一次機會嗎？」

阿婧終於聽清了，一下子抓住徐雲妮的褲管：「姐！我真錯了！我再也不敢了！」

徐雲妮淡淡道：「這是最後一次，我有妳的證據，再有下次，妳把眼睛哭掉也沒用，聽見了嗎？」

阿婧又往前蹭，抱住徐雲妮的大腿。

徐雲妮看她這樣，實在忍不住，「呵」了一聲，「我就說妳上課怎麼看我比看老師還久，原來在這等著呢。」

阿婧大聲哭嚎著，「姐夫！我永遠是妳的狗，啊啊啊啊——！」

徐雲妮看看遠處，心說，這都什麼東西呢……

徐雲妮回去店的時候，時訣可能嫌店裡人多，就站外面等了。

徐雲妮走到門口的時候，忽然愣了一下，總覺得這畫面有些熟悉。

想著想著，她忽然意識到，很多年前，她看上他一張小卡，覺得非常漂亮。當時也是他站在人行道旁，穿著白色衣服，旁邊停著一輛黑色轎車。他就像個不那麼普通的上班族，下了班，在等著誰。

徐雲妮自己想樂了，走到他面前。

時訣正玩手機，嚇一跳，「妳怎麼從外面來的？」

「不是啊，從店裡出來的。」

「啊？」

「你什麼眼睛。」

「妳……」

「你上廁所了嗎？」

「不用。」

「你喝了那麼多呢。」

「我腎好。」

他們走在夜晚的路上，漸漸走過了繁華的商業街，路邊只剩一些小店。

小店的燈牌更顯眼，又亮又雜亂。

遠處，阿婧在群組裡說：『姐夫好可怕。』

『什麼？』

『妳剛才半天不說話在幹嘛呢』

『怎麼了，姐夫對妳做了什麼（咬玫瑰）？』

『姐夫好可怕（爆哭）（爆哭）好有安全感！！！我好像愛上姐夫了！！！！啊啊啊的吉薩hieoifajpfoi（爆哭）（爆哭）（爆哭）（爆哭）（爆哭）（爆哭）（爆哭）。』

阿婧從胡言亂語中抬起頭，擦擦眼淚，拚命睜大六百多度的近視眼，試圖把那兩人的背影看得更仔細些。

他們在路上走著走著，時訣又掛到徐雲妮身上。

他們在說什麼呢？

「寶寶，有點重。」

「妳白鍛煉了。」

「還要再練。」

「徐雲妮。」

「嗯？」

「我想上廁所。」

徐雲妮深呼吸：「剛才明明就……」

「逗妳呢。」

「……」

「哈哈！」他臂彎稍用力，她靠得更近了，他抬手，手掌捏她的小臉，含著聲音沉沉道，「妳剛才是不是翻我白眼？妳想怎麼樣啊？」

這些話，這些笑聲，阿婧都聽不見。

慢慢的，她連人影也看不見了。

她的視線裡只餘路邊的燈影和天上的群星，無言又甜蜜，喧囂又寂靜。

她不能更進一步了。

這是城市的夜景告訴她的。

該找妳自己的樂子去了，這夜對於他們和妳，都才剛剛開始……

——《霓虹星的軌跡》正文完——

番外一　關於完結的那晚他們又幹什麼了？

那天晚上，徐雲妮與時訣一路散步，走了一個多小時，徐雲妮累了，準備回家，但時訣說有個想去的地方。

徐雲妮問他想去哪，時訣說華都。

徐雲妮就在大馬路上看著他不說話。

時訣經常突發奇想，徐雲妮甚至感覺，這種症狀隨著他年齡增長有愈演愈烈的趨勢。

徐雲妮看看時間，說：「已經九點多了。」

時訣：「才九點多。」

徐雲妮：「學校已經關門了。」

然而，時間並不能阻擋他的步伐。

他們來到華都門口，徐雲妮以為他只打算在門口看看，結果時訣說要進去。

徐雲妮：？

怎麼進？

「妳跟我來。」時訣把徐雲妮帶到校園一側的圍欄旁，擼起袖子。

徐雲妮見他動真格了，拉住他：「沒必要吧，想來白天來啊。」
時訣斜眼：「妳膽子怎麼這麼小？」
徐雲妮：「膽子是用在這上的嗎？」
時訣翻她一眼：「妳就說妳膽小就好了。」
他往柵欄上蹬，徐雲妮在他看不見的地方，悄悄撇撇嘴。
時訣兩手抓著欄杆邊，一使力，腳踩著一側牆體，直接過去了。
他拍拍手上的灰，轉過頭。
徐雲妮：「請好好回憶青春，我在這等你。」
時訣看著她不說話。
徐雲妮：「快去快回。」
時訣把衣服帽子扣頭上，兩手插在身前的口袋裡，慢悠悠走過來，腦殼「咚」的一聲磕在欄杆上。
還是不說話。
但老夫老妻間，好多話不需要說，就瞧一眼，也能看進靈魂裡。
莫名其妙的，兩人看著看著，時訣嘴角忽然咧開，笑了起來，然後徐雲妮也忍不住，撲哧一聲，說：「神經病啊……」
時訣聽了她的形容，笑得更厲害了。

他黑漆漆的雙眼，一笑就彎彎的，在夜色下顯得更亮。

徐雲妮看看兩旁，確保沒人，也爬上欄杆。她翻這個比時訣困難多了，時訣踩在圍欄上面，先是抓著她衣服後面，確保她安全翻過，然後摟住她的腰，讓她穩穩落地。

他帶著她往教學大樓去。

學校晚上是有保全值班的，時訣拉著徐雲妮貼著樹叢走。

徐雲妮靠著樹幹，看著身前的人左右探頭的背影，說：「團長，請問我們小隊的行動任務是什麼？」

「噓……」時訣非常入戲，「別說話，跟我走。」

徐雲妮的精神又分裂了，一邊陪時訣進行夜潛華都大作戰，一邊已經開始思考，如果被發現了，該聯絡誰來處理這件事。

他們一路跑到教學大樓裡。

還沒完，時訣帶她接著走。

徐雲妮說：「夜裡的校園走廊，有點恐怖片的氣氛了。」

時訣說：「妳怕鬼嗎？」

「怕。」

「我不怕，」時訣回頭，朝她眨眨眼，「鬼出來了我會保護妳的。」

他們剛好路過一扇窗，徐雲妮眼神一瞥，嚇得倒吸一口氣，時訣反射一樣整個人彈到一旁，肩膀都縮起來了，瞪著眼睛看窗外。

什麼都沒有。

時訣再看徐雲妮，她平平常常地看著他。

時訣咬緊牙，用手臂箍住徐雲妮，氣得腮幫子都鼓起來了，另一隻手蹂躪徐雲妮的臉蛋。

徐雲妮被他一番揉搓，都蹲到地上了，他才放開手，冷哼一聲，把她拎起來接著走。

他居然把她帶到了樓頂。

「哈，」樓頂的門是鎖著的，但窗戶沒鎖，時訣笑著說：「我們學生時這窗戶就鎖不上，現在還鎖不上。」

徐雲妮一邊翻窗一邊琢磨著說：「這工程款都進誰的腰包了？」

時訣不在意那個，他順利來到目的地，站在樓上伸了個大大的懶腰，徐雲妮一落地，一轉眼，就看見他露出來的腰。

想起網路上的評論——YAXIAN 的臉不一定人人都愛，但那腰確實是長得太到位了，要不然怎麼會說這傢伙心機重呢，每次演出他都會往腰上擦亮粉。

時訣摘下帽子，回頭朝徐雲妮勾勾手指。

徐雲妮走過去，拉過他的手，說：「來吧，一起回顧青春。」

時訣抽出手：「誰要跟妳回顧青春，我要檢查妳的學習成果。」

徐雲妮：「嗯？」

時訣指著一塊空地，說：「把妳學的東西跳一遍我看看。」

徐雲妮眼睛睜大了點，手指輕撫胸口，恍然道：「啊，原來花這麼多力氣，是在幫我搭舞臺嗎？班長您真是有心了啊。」

時訣盤著腿席地而坐，掏出手機。

「你們上課用什麼類型的曲子？Boombap？Trap？G funk？」

「太專業了，反正就是有鼓點的。」

時訣：「什麼 Hiphop 音樂沒鼓點啊？算了我自己問吧。」

他很快問到了他們上課最常用的曲子，用手機播放，放到地上，兩手撐在身後，朝徐雲妮抬下巴。

徐雲妮站在時訣身前兩三公尺外的地方，稍作回憶，兩手伸出來，端平前方，然後兩隻肩膀向前，向後，向前，向後……

這個動作做完，依舊保持著兩腿分開與肩同寬，一手摸著腹部，一手半舉起來，然後肚子帶著胯，向前，向後，向前，向後……

第三個動作，膝蓋半屈，儘量保持下半身不動，然後上身向前，向右，向後，向左……

在她準備做下一個動作的時候，時訣終於說了停。

這能說什麼呢？

時訣看著徐雲妮，其實也說不了什麼，零基礎的 Hiphop 課就是這樣的，很多舞房為了讓學員見效快，都從成品舞教，他不太喜歡那種方式，無尾熊這種從律動開始拆解基本功，其實是正確的方法。

但是，怎麼說呢……

時訣稍摸摸自己的下頜。

「怎麼樣？」徐雲妮說：「我這班，學費六千六。」

時訣含住嘴。

徐雲妮：「無尾熊說我跳得挺有那個味道的。」

時訣一頓，不解道：「哪個味道？」

徐雲妮：「他說我舞感很好。」

時訣沒說話。

徐雲妮：「專業人士給點意見啊。」

時訣還是沒說話，低下頭，一手撥撥自己後頸的頭髮。

徐雲妮身體歪向一側，說：「算了，無尾熊說了，普通人看這種基本功會覺得沒意思，但是打牢基礎還很重要，我還是要有耐心。」

時訣撥後頸的手停下了，眼神從下方挑過來。

他終於開口，被逗樂了，「故意的是吧？」

「嗯？」

時訣扯扯嘴角，朝她勾勾手指，「來。」

「幹嘛？」

「妳來。」

徐雲妮不過去，時訣手都沒碰地，盤著的雙腿加腰腹一使力，直接站起來了。他走過去，挫敗了徐雲妮試圖抓住他雙臂的行為，直接扣到她身後。

「妳到底想怎麼樣？誠心想惹我是不是？」

「誰惹你了，我舞感不好嗎？」

「哈，徐雲妮，早上公園裡撞樹的老大爺都比妳有節奏感。」

徐雲妮抓住他的手腕，轉過頭看他。

「那你來啊。」

「什麼我來？」

「說我跳得不好你跳啊，我看你好在哪。」

時訣不懂她這話什麼意思。

「妳沒看過我跳舞？」

「看過，沒比過。」

「妳說的是中文嗎？徐雲妮，妳要跟我比跳舞？」

徐雲妮拉著他的手腕，拽開他，手指向下指指地面，自己到剛才他所在的位置。交換場地。

她沒有坐在地上，而是靠坐在通風管道口上，看著他。

手機還在放曲子，時訣站在原地，忽然感覺有點……

她說：「跳啊，那麼多人面前都能跳，現在就我們兩個了，怎麼跳不了了？」

誰說跳不了了？

她背後，是萬家燈火的城市夜景，密密麻麻的燈光把畫面營造得像張彩漫似的。

時訣低下頭。

他思考著音樂……

跳點什麼呢？

要加哪些動作，什麼元素，要怎麼收尾……

為什麼突然間就變成他要跳舞給她看了？

她都看他跳了十多年了，還有什麼臨場的 freestyle 能讓她眼前一亮的？

……要不然不跳了吧？

可不跳又顯得像怕跟她比一樣。

開什麼玩笑？

正好手機裡一曲結束，自動跳到下一曲目，一首採樣爵士樂的 Hiphop 歌曲，較前曲旋律更美一些，節奏也更多變。

時訣跳舞之前，莫名其妙又把衣服的帽子扣回來了，他低著頭不看她，一隻大手半遮在口鼻下方，帽子藏住他三分之一的臉，手擋住了三分之一，只剩下一截鼻梁，在月色和遠方城市的燈光下，顯得越發高挺。

他就在這個姿勢的基礎上，跳了起來，都是小幅度的，細節性的動作，技術性不高，純撩人用的，搭配著他的身材剪影，隨便截圖都能當模特兒臨摹用。

一旦動起來，時訣整體感受就好多了，腦子也不想那麼多，自然而然地跟著音樂走。

只能說，專業的就是專業的，不管初心是為了逗他還是怎樣，在時訣真的跳舞的時候，徐雲妮只剩下欣賞的份。

她九成的腦子都沉浸在眼前的畫面，只剩一成在做總結。

在三十歲的夜晚，跳牆進入高中校園，在教學大樓的樓頂跳舞……

這是現實還是夢？

有他在，不管什麼時候都不會無聊。

他太會製造浪漫了。

時訣卡著一段音樂的結尾，移動到她面前，兩隻手長長的手指夾著帽子往後一撩——唰！露出了俊美的面容，對她挑挑眉。

老天都願意配合他，他摘掉帽子的一瞬間，吹來晚風，吹動他的髮梢。

簡直比他十九歲時還要游刃有餘。

他不是會製造浪漫，徐雲妮在心裡修改評價……

他就是浪漫本身。

時訣說：「到妳了。」

徐雲妮說：「認輸。」

「呿。」時訣早就知道般翻了一眼。

徐雲妮發自肺腑地說：「以前我只是覺得你跳得帥，現在我也學了點了，能看出點門道了，你真厲害啊。」

時訣剛把地上的手機撿起來，聞言笑出來了，「妳能『看出門道』了？哈哈！」

「……」

時訣好像真被戳中笑點了。

「就無尾熊教妳，妳還能看出門道，哈哈哈！」

「……」

在他看不見的地方，徐雲妮又翻了白眼。

要說業界不少人都傳跟他合作很煩呢，有時候是真的有點……

他轉過來的時候，徐雲妮神色又如常了。

他走過來，兩手壓在她身體兩側，跟她離得特別近。

「徐雲妮，妳在想什麼？」

徐雲妮身體靠前，親了他一下，剛要說話，忽然聽到樓下傳來聲音——

「哎！什麼人！」

他們暴露了。

晚上值班的保全終於發現了他們。

「跑嗎？」時訣看看樓下，問。

「你可得了吧。」

於是，這一晚是怎麼結束的呢？

還是靠徐雲妮那支神奇的手機。

徐雲妮心道，還好事先已經想好找誰了。

她對樓下喊道：「你好！先別報警！我下去跟你說！」

順著樓梯往下走的路上，徐雲妮連打了幾通電話，時訣就在後面笑。

番外二 月光蝴蝶

在吳月祁的記憶裡，她的好友時亞賢的人生可謂抽象。

當然，那個年代還不流行「抽象」這種形容詞，只能泛泛地稱為「不可靠」。

時亞賢的母親在縣城做小生意，非婚生子有了時亞賢，後來跟省城的一個男的好上了，就帶著孩子過來了。她來到這邊之後生意也不做了，男方安排了一個地方住，跟吳月祁是同棟。

這個住宅以前是氣象局職員的宿舍，條件普普通通，什麼人都有，時亞賢母子倆剛搬進來就受到了大家的矚目，原因無他，就是兩人都太好看了。

對於這對母子的討論很多，時亞賢母親找的男人在本地很有名，算是當地一個地頭蛇，有家庭，在外面養著人。他幫時亞賢母親安排了個閒職，離居住地不遠，那一排店面都算是旗下產業，歌廳舞廳、撞球棋牌，魚龍混雜。

商戶背面就是一個農貿市場，吳月祁跟著爺爺在市場裡賣麵食。

吳月祁第一次跟時亞賢接觸，是在一個漆黑的夜晚，她出門倒垃圾時發現一個趴在路邊電線桿下的人，他穿著白色的衣服，把人翻過來，月光傾灑在他被揍得鼻青臉腫的面龐上。

時亞賢被揍是因為不懂事，地頭蛇上面還有大哥，大哥的孩子看中他，要帶他一起玩，他不給面子，最後被收拾了。

吳月祁把他拖回院子，給他點消炎藥。結果他緩過來點，就捧著沾滿血漬的衣服哭。

「我存了好久錢買的！」

吳月祁坐在一旁無言地看著，衣服確實很好看，時亞賢肩膀寬，人又瘦，趴在地上的時候，後背看起來就像……

「妳能洗嗎？」時亞賢把衣服遞給吳月祁求救，「妳能幫我想想辦法嗎？」

最終，吳月祁用鹽和白醋勉強洗好，只剩一點痕跡，但時亞賢還是不穿了。

吳月祁覺得他可能有點毛病。

這次事件讓他們熟了起來，他們同齡，但吳月祁不太喜歡跟時亞賢接觸，她覺得他們不是同類人，走在一起看起來很奇怪。

但時亞賢卻很喜歡找她玩，吳月祁問過他為什麼不跟他媽媽店裡的孩子玩，他說他看不上那群人，男的女的，都又髒又臭。

「我喜歡跟妳玩。」時亞賢說。

「為什麼？」

「因為妳有衛生，妳不喜歡跟我玩嗎？不會吧？」

吳月祁一直覺得時亞賢腦子不太靈光，或者說，靈得不是地方。

他起初跟吳月祁說，他看不上那些混混，吳月祁以為他是個喜歡讀書，有目標的好孩子，結果他根本不讀書，天天蹺課，還說羨慕吳月祁不用去學校。

後來有一天，時亞賢神神祕祕帶吳月祁去市劇場，有芭蕾舞團來這邊跨年演出，時亞賢指著海報上穿著緊身褲的男演員，激動地說：「妳看我跟他像嗎？」

吳月祁說：「不像。」

時亞賢鄭重地說：「那就是我。」

胡說八道，那明明是外國人。

時亞賢找到了目標，他去學了跳舞，那個年代男生學跳舞還是很少的，他因此遭到了嘲諷，即使隨著時間推移，他跳得越來越好，這種閒言碎語也沒有斷過。

也許是明確了發展方向，除了舞藝以外，時亞賢的帥氣也是突飛猛進，想跟他交往的人很多，甚至地頭蛇大哥都幫他介紹過，但時亞賢跟他們界線劃得很開，慢慢的，不少人幫他取了難聽的外號，還私下說他其實喜歡男人。

對此，時亞賢從沒反駁過。

再後來，這邊掃蕩，一邊抓一邊查，折騰了將近一年，地頭蛇費了好大力氣脫罪，加上原配病逝，終於迎娶了時亞賢的母親過門。他們計畫去別的城市發展。那年時亞賢已經二十歲了，加入了本省的藝術團體，沒有跟他們一起走。

時亞賢的母親搬家的那天，時亞賢在外地表演，回來後照例來找吳月祁玩，講他演出遇到的新鮮事，他講了老半天，吳月祁問他：「你媽他們走了，你知道吧？」時亞賢一愣，說：「知道啊，跟我說了。」然後喝口水潤喉，就接著講他的見聞，他說到這次合作的一位女音樂家，說得面色酡紅，眼睛直放光。

時亞賢風馳電掣地陷入了愛情，很多謠言不攻自破。

他的繆斯，也就是後來的妻子，一位女神般的人物，完全符合時亞賢的熱愛與幻想。時亞賢為了追求她做了無數瘋狂的事，他用存了很久的錢，帶他女朋友去國外，包下夜晚的劇場求婚。他們旅行度蜜月，他拿來那些像電影海報一樣的照片給吳月祁看，吳月祁問他花了多少，他說了，吳月祁又問，那你還有錢買房子嗎？他又不說話了。

吳月祁依然覺得，時亞賢的腦子不太靈光。

很快，時訣誕生在愛情的風暴裡——當然，那時他還不叫時訣。吳月祁以為有了孩子後，時亞賢的生活會變得穩定下來，實際並沒有，這兩口子在吳月祁看來，都是沒長大的孩子，吳月祁曾經委婉地勸說過時亞賢，讓他多存錢，踏實一點，可惜收效甚微。

後來問題一一顯現，他們開始爭吵，鬧離婚的那段日子，時亞賢經常把時訣寄放在吳月祁這。

吳月祁對時訣的印象，就是覺得這孩子從小像羽毛，除了長得纖細，還有就是性格，總是輕飄飄的，很純潔，表表看起來特別乖——事實上也挺乖，只是帶他帶久了，就能感覺出他的想法很多，但是很少直白袒露。

他缺少同齡孩子的天真，非常早熟，很小就懂得如何討人喜歡，他會幫忙她在店裡打掃衛生，會幫鄰居的爺爺倒門口的垃圾，還會在花店門口，憑藉自己漂亮的笑臉，要來一些準備處理的花，送給班導師，以此獲得偏愛。

但吳月祁能看出來，他其實不是很想做這些。

有天，時訣在店裡幹活，吳月祁看得莫名來氣。她搶來他的抹布，質問他：「你總幹什麼活？你不想玩嗎？」

她第一次這樣跟他說話，時訣好像不懂了。兩天後，吳月祁晚上回家，路上碰到時訣，他就站在樹旁邊看著她。吳月祁過去問他為什麼在路上站著，時訣不回答。後來吳月祁才知道，時亞賢又吵架了，他讓時訣去找她，但時訣因為上次的事，不敢來，就在路上站著。那年他只有七歲。吳月祁心裡很不是滋味，拉著他的手帶他回家，路上很安靜，時訣的手腕細得像拖把木桿一樣，吳月祁看他一眼，發現他也穿著白色的衣服，她忽然說了一句：「你這麼看跟你爸特別像。」時訣懵懵懂懂，似知未知。

因為時訣的緣故，吳月祁開始跟時亞賢嘮叨，說你就算是為你兒子，也多考慮一下吧。

時亞賢聽了這話，每每都在笑，完全不在意，依舊去尋找他幻想中的，那一塵不染的愛戀。

不過也不能說時亞賢從沒存過錢，他幫吳月祁存過一筆手術費，可吳月祁堅決不做手術，那時吳月祁的爺爺已經死了，她怕手術萬一有個好歹，她下半輩子就澈底完了。

「我現在這樣幹活沒問題，你的錢留給你兒子吧。」她這樣告訴時亞賢。

時亞賢見她不用，轉頭就給女友花光了。

時亞賢從時訣五六歲起，就開始向其授藝，時訣學的東西越來越多，性格多少發生了變化，他增長了自信，但總體上，依然輕飄飄的。

後來時亞賢又喜歡上一個女人，不在本地，他要帶時訣離開，去外地追求。吳月祁有點受不了了，損了他一番，他還是嬉皮笑臉的。

「哎呦，妳別捨不得我們，等我把她追到手肯定還會回來的。」

後來，人是回來了，卻沒落得好結果。

時亞賢查出了嚴重的疾病，最後的那段時日，吳月祁把這對父子接到自己家住，時訣幫前幫後，又要上學，又要去店裡幫吳月祁的忙，還要照顧病弱的父親。

有一天晚上，吳月祁起夜，在客廳看見時訣，他坐在矮茶几上，望著窗外發呆。吳月祁走過去問他想什麼呢？是不是太累了？時訣沒答，反問，夜空美嗎？

吳月祁心裡一哆嗦，說你別學得跟你爸似的，天天眼裡除了風就是月。

時訣說：「我明明在看星星。」

隔了一下，時訣又開口，說起他這次跟時亞賢出遠門，去一個大城市演出，結束後他們去往聚餐的地方，一群職業舞者走在一起，相當惹人眼目。

「你爸到哪都瀟灑，」吳月祁說：「將來你說不定也是這樣。」

時訣沒接話，繼續回憶，他們路過一個看起來相當氣派的學校門口，從裡面出來的人，背著書包，昂首挺胸，目不斜視，步履如風。

「看起來都超正經……」他過了變聲期，聲音越發清爽磁性，但還是輕飄飄的，「有家人來接送，坐上一看就超貴的車就走了。」

他一連用了兩個「超」字，來形容這段突出的記憶。

他笑著道：「年紀跟我差不多大，妳說這種人的生活也會有煩惱嗎？」

吳月祁說：「你趕緊去睡覺，做好自己，別天天想沒用的。」

時訣又笑了笑，沒有再說話，起身回去房間。

時亞賢病中很慘，但臨終前卻好像迴光返照了一段時日，他與吳月祁聊天，一直說著自己過去的生活，甚至還惦念自己最後一任女友，說如果沒查出病，他們可能會一起回來了。

吳月祁忍不住責怪：「都這時候了，你能不能現實一點？」

「……現實，」時亞賢喃喃道：「什麼是現實？人要為現實做到什麼程度？」他看向她，「難道妳就現實嗎？」

「我怎麼不現實？」

「妳要是現實，這些年也不是沒人要娶妳，妳為什麼都不同意？妳要是同意了，就有人照顧，可以安心做手術了，妳不就是怕手術出問題嗎？」

吳月祁不說話了，她買賣做得還不錯，市場裡也有人幫她介紹對象，裡面不乏勤勤懇懇的老實人，可看來看去，總覺得差些什麼。媒人聊到最後，難免繞到「妳這個條件，有人提就不錯了，可千萬別錯過」的境地。

吳月祁都以自己身體殘疾，不耽誤對方拒絕了。

到底差了什麼呢？

吳月祁看著眼前已經衰敗得沒什麼人樣的時亞賢，曾經漂亮的桃花眼，已經深深凹陷，但偶爾精神好了，還是流著光。

吳月祁心想，也許就是差了這麼一點點的光？

「我肯定會讓時訣上大學的，這孩子比你聰明，將來一定行，你放心吧。」她這樣答應了時亞賢。

時亞賢去世後，他的大徒弟崔浩想讓他們換一個城市。

吳月祁在這土生土長，以前從沒想過要走，崔浩說去大城市，時訣將來發展肯定比在這強。吳月祁問時訣的意見，他只說讓她決定。吳月祁心生猶豫，時訣又跟她說，不要擔心錢。

「崔哥說會借我們錢，過去那邊我也會努力賺錢的。」

「你賺什麼錢？你去了也是好好念書。」

「哦，也行。」

那時時訣身高長得很快，但體重還沒跟上，整個人像根竹節蟲似的，尤其他脖子長，再加上腦袋小，一點頭，宛如小雞叨米，還挺可愛的。

最終他們搬了家，最初的確很辛苦，那段時間時訣經常做噩夢，甚至染上了夢遊的毛病，晚上在屋裡睡覺，早上卻在客廳醒過來，恍恍惚惚。起初吳月祁會詢問，但時訣永遠都說沒事，後來吳月祁也不管了，他自己慢慢安定了下來。

時訣越長越漂亮，就像青年時期的時亞賢一樣，吸引眾多目光。他不像他父親一樣，把清高寫在臉上，時訣要鬆散得多，見誰都是三分笑，跟什麼人都能玩到一起去，搞得吳月祁很怕他會胡搞學壞，但好在總體上沒做出過什麼出格的事。

時訣三天兩頭早出晚歸，吳月祁不知道他在幹什麼，不過從他去了崔浩的舞蹈培訓機構起，就再也沒跟她要過零用錢。吳月祁觀察過，有時時訣會突然忙得要命，沒日沒夜折騰一陣，然後接下來家裡一定會多一樣新東西，可能是一副新耳機，也可能是一把新的琴。

日子就這麼按部就班地過著，吳月祁也不清楚時訣將來要幹什麼，但感覺他應該能順利考上大學，這就足夠讓她安心了。

後來，時訣遇到一個女孩。

在吳月祁知曉徐雲妮是時訣同學之前，她對她就已經留有印象。徐雲妮第一次來店裡吃飯，想點一個小菜，但賣光了，她猶豫著換什麼菜的時候，吳月祁推薦，徐雲妮點頭同意。她有著跟時訣一樣的細長脖頸，一張小臉，輕輕一點頭，也像小雞叨米似的，讓吳月祁產生了昨日重現的既視感，覺得很可愛。

至於這兩人到底是什麼時候好上的，吳月祁並不清楚，時訣不喜歡講這些。後來他們鬧了一次彆扭，那段時間時訣很煩躁，以前他極少在她面前抽菸，因為會被罵，但那段時間他完全忘了這回事，坐在餐桌旁一根接一根。

「到底怎麼了？」吳月祁忍不住問他，「你們吵架了？」

時訣靜了一下，冷笑道：「媽，她有病。」

吳月祁皺眉道：「誰有病？小徐？」

時訣撚了菸，站起來，臉上沒了笑，盯著菸灰缸裡的灰燼，又重複了一遍。

「她有病……」

吳月祁不太贊同這個評價，她對徐雲妮印象很好，她覺得徐雲妮是個懂事的人——這個

「懂事」，不是指普通小孩那種泛泛的「聽話」，而是真的很懂「事」。

吳月祁有種詭異的感覺，她覺得徐雲妮和時訣非常適合，在她眼中，不管時訣鍛煉得多麼高大強健，他在她心裡的印象始終是當年灰白月光下，麻稈一樣的細手腕，就像他父親一樣。

她有過擔心，時訣會走時亞賢的老路，被女友們用漂亮的手指，一點點撕得粉碎。所以當徐雲妮出現的時候，吳月祁忽然很安心，這女孩給她的感覺異常穩妥，她總是彬彬有禮，而且非常克制，又不失熱情。吳月祁私心認為，她可以把時訣保護得很好。

所以她破天荒地勸和了幾次，雖然時訣沒太當回事。

即便如此，後來他們還是和好了，到底怎麼和好的，吳月祁也不清楚。再後來，吳月祁答應做手術，做復健，為什麼呢？她同樣記不清了。大概是因為徐雲妮的存在，她很擅長說服人，而且她很有耐心，這一點要比時訣強不少。

吳月祁最初對徐雲妮的判斷，就是覺得她為人可靠，性格正直又簡單。

這個印象從最初產生到改變，經過了十多年，改變的起因是有段時間，時訣不知怎麼突然沉迷上收集舊東西，包括但不限於樂器、手辦、飾品，甚至大件家具，天天買，家裡都堆滿了，但他新鮮感不長，都是玩一玩，不喜歡了就扔了。吳月祁偶然得知這些東西的價格，忍不住說他浪費。

「你現在怎麼大手大腳的，你怎麼就不能學學雲妮呢？」

時訣在沙發上挑眉看來，「什麼？學誰？」

「讓你學學雲妮。你這麼亂花錢，她嘴裡不說，心裡肯定是不高興的。」

「媽，妳真好笑。」

「行，我好笑，你最能賺錢，我們誰都管不起你。」

吳月祁接著幹活，時訣過來幫她，他好像不太滿意吳月祁的結論，一邊幫忙一邊說：

「媽，妳讓我學她什麼啊？」

「學人家有正經工作，勤儉持家，你看她衣服都沒幾件。」

「哈，她上班有制服，又不需要那麼多衣服，再說了，又不是只有買衣服才花錢啊。」

「你確實是樣樣都花。」

「……」

也許是被說得有點頂住了，時訣放下手裡洗了一半的菜，準備放個猛料。

「媽，妳還記得小櫟嗎？」

「雲妮的弟弟？記得，他之前來過幾次。」

「妳知道他來幹嘛嗎？」

「不是說旅遊嗎？」

「他來借錢的。」

觸動了敏感詞彙，吳月祁放下手裡的菜，「借錢？」

「對，他在國外，搞金融的，詳細是什麼我也沒記住，反正當時差錢，就來找他姐借。」

「哦……」吳月祁想了想，「人家姐弟自己的事，借就借唄。」

「虧乾淨了。」

「……賠了？」

「對啊，第二次來還是借錢，徐雲妮沒那麼多錢，拉著我一起談。」

吳月祁怔了怔，說：「哦……那，那你借了嗎？」

「借了啊，又虧光了。」

「啊？」

時訣靠在流理檯旁，接著說：「去年徐雲妮打了場跨國官司，是東歐那邊的事，她官司打完跟我說那邊現在有機會，她研究了一陣子，這次她弟都沒開口，她主動借他錢，讓他再去。」

吳月祁皺起眉：「這、這不行吧，她一共借出去多少錢啊？」

時訣比劃了三根手指，吳月祁說：「……三萬？十三萬？」說完自己覺得不對，震驚道：「三十萬！」

時訣咧開嘴，笑著攬住吳月祁的肩膀，說：「哎，媽，放心，這次趙明櫟賺翻了，一次回本，我還拿分紅了呢，哈哈。」

聽到這次沒賠，吳月祁終於放了心，說：「回本了好，回本了好，那就別再折騰了。」

時訣沒說話，接著洗菜。

吳月祁說：「小櫟……前面來的幾次，一點也看不出賠錢了。」在她記憶裡，趙明櫟是個非常開朗的孩子，每日悠哉遊哉的，很有禮貌，每次來都笑咪咪地跟她打招呼，跟徐雲妮和時訣的關係都不錯。

時訣說：「其實賠錢了他心裡還是難受的，要不然最後一次徐雲妮也不會主動幫他。」

吳月祁嘀咕道：「雲妮也沒跟我說過這些……」

「她多會啊，」時訣像個告狀的小學生一樣翻了翻眼睛，「所以妳看，媽，我就折騰這點東西，裡外只花了個手續費的錢，妳就說我大手大腳，我多冤枉，要麼妳也說說她吧。」

他話音剛落，門口傳來聲音，徐雲妮下班回來了。

她一進門就注意到他們都在廚房，走過來，剛要開口，又停頓了。她看看吳月祁，又看看時訣，淡淡道：「媽，你們在聊什麼？」

徐雲妮還沒脫制服，一身公司統一派發的藍黑西裝襯托著高挑筆直的身材，再加上平和面龐上，漆黑的眼睛與似有非有的笑意——以前讓吳月祁感覺樸實簡單的神態，如今竟有種深不可測的錯覺。

吳月祁連忙搖頭，說：「沒、沒什麼，你們都出去吧，我做飯不用幫忙。」

這次之後，吳月祁對徐雲妮的印象就悄然改變了。她想起有一年的新年聚會，崔浩來家裡喝多了，她聽到他跟時訣嘀咕過的一句話，說：「妳家徐主任吧，我現在有點怕她……」

時訣聽後，只說：「哪來的主任，你幫她升的官啊？」

當晚吃飯，徐雲妮說她要出差，大概一週，而時訣有個海外拍攝，也要三四天。

「行，我看家。」吳月祁說。

徐雲妮說：「媽，活動中心聯絡我了，問我之前那事妳怎麼決定。」

「他們電話打到妳那去了？」

「我留了我的手機號碼。」

自從時訣簽約公司，吳月祁的小店就沒再做了，後來她做完手術康復就一直待在家裡，徐雲妮看出她閒得難受，就幫她找了活動中心。之前有一家是服務他們公務員內部親屬的，但吳月祁待不慣，徐雲妮就又幫她找了一家，裡面書畫、樂器、舞蹈、手工，做什麼都有。吳月祁天生話少，也沒什麼朋友，去了幾次之後覺得自己還是不太適合，就沒再去了。她以為這事就這麼算了，後來徐雲妮跟她說，她又找了一家，最近要開烹飪課程，想找有經驗的麵點師傅做老師，每月都有報酬，問她有沒有興趣。

吳月祁去了一次，覺得環境和工作人員都不錯，而且做的也是她喜歡的事，只是……她說：「我沒當過老師，不知道能不能符合他們要求。」

旁邊時訣插嘴道：「怎麼猶猶豫豫的，您老把命令我的自信拿出來，什麼要求都符合了。」

徐雲妮拍了他一下，讓他閉嘴，接著說：「媽，沒那麼誇張，又不是專業烹飪學校，妳手藝那麼好，先去看看，到時候有問題再說。」

吳月祁說：「也行……」

家裡的很多事都是徐雲妮安排好的，事實上吳月祁覺得自己真的挺倔的，但在生活的點點滴滴，潛移默化中，她也開始聽徐雲妮的話。

在徐雲妮出差回來兩三天後，有一天悄悄找來，有點疑惑地問她說：「媽，我出門這段時間，時訣有什麼事嗎？」

「有事？什麼事？沒事啊。」

徐雲妮長長的眉毛微蹙著，「……我感覺他好像有點不高興。」

「有嗎？」吳月祁完全沒感覺，「哪裡不高興了？」

徐雲妮往樓上瞄一眼，時訣正在房間裡幹活。房子隔音出奇的好，但徐雲妮還是壓低了聲音，說：「就是有種感覺，他怪怪的。」

吳月祁覺得徐雲妮皺著眉，有點懊惱的樣子跟平時一點也不像，實在很可愛，她都被帶得小聲了些：「妳是不是想多了？要麼去問問他？」

「不不，」徐雲妮摸著自己下巴，琢磨道：「問了也沒用，肯定是哪有問題……」

吳月祁是沒感覺時訣生氣了，他這兩天沒有行程，在家吃了睡，睡了吃，要麼就是去舞社找朋友聚聚。

「妳叫他吃飯。」

晚上，吳月祁做好飯菜，看徐雲妮坐在桌邊傳訊息。

「我正叫呢。」徐雲妮打了一串字，「他讓我跟他用訊息溝通。」

「都在同個房子裡，喊一下不就行了，為什麼傳訊息？」

「我也納悶……」徐雲妮放下手機，再次問道：「媽，這幾天他真沒什麼事嗎？」

「沒有，反正沒跟我說，別管他，我們吃。」

吃飯吃一半，徐雲妮還是心不在焉，吳月祁擺擺手，勸她說：「妳別往心上去，他經常鬧彆扭，小時候吃了不喜歡的麵包都能不高興一整天。要麼看見不喜歡的人，聽了不喜歡的歌，都能抽風，但他自己理一理就好了，別管他。」

吳月祁說完接著吃，那邊徐雲妮像定住了一樣。

「……雲妮？」

徐雲妮不知想到什麼，緩緩吸氣，「媽……」

「嗯？怎麼了？」

徐雲妮沒說話，馬上拿起手機，又按了一下，調出什麼，點開來。吳月祁聽到影片的聲音，像是徐雲妮公司的宣傳介紹。

徐雲妮看著看著，再次吸氣——吳月祁很詫異她的肺部居然還有空間。徐雲妮端起肩膀，捂住嘴巴，睜大了圓圓的眼睛。

她在生活裡真的非常少見這種誇張的情緒表達。

「到底怎麼了？」吳月祁問道。

「怪不得……」徐雲妮瞪著恍然大悟的眼睛看過來，「怪不得要我跟他傳訊息溝通，「媽，我上傳的動態用了英暉的歌。」

「什麼意思？」吳月祁沒聽懂，「誰是英——唔！」她想問英暉是誰，剛開口，徐雲妮好像聽到樓上有動靜，手忙腳亂過來捂住她的嘴。

二樓樓梯口，時訣從屋裡出來，溜達到書房。

吳月祁從徐雲妮手下掙脫開。

徐雲妮解釋說：「我們公司公眾宣傳影片不是我做的。」

吳月祁：？

徐雲妮：「我拿到直接就發了。」

吳月祁一頭霧水：「什麼意思？」

徐雲妮怔怔道：「媽，我冤枉。」

吳月祁：？

入夜，徐雲妮洗漱完畢，主動取了瓶酒——徐雲妮平時不怎麼喝酒，她工作忙，每每都是時訣磨她她才陪他喝。

吳月祁回屋睡覺前，最後看了拿著酒具躡手躡腳來到臥室門口偷聽聲音的徐雲妮一眼，這個不久前剛貼上的「深不可測」的標籤，總感覺有點黏不住了。

半夜，吳月祁醒了一次去廁所。

夜很深了，一樓客廳亮著一盞幽黃的琉璃小燈，燈光很暗，還不及窗外月光明亮。這燈是時訣去海外活動時買的，他就喜歡逛那些街頭巷尾的小店，買稀奇古怪的東西。燈很脆，帶回來的路費比燈本身貴了十幾倍，但可惜還是掉了片葉。時訣強迫症，不想要了，後來徐雲妮找了一位玻璃廠的老師傅修好了。

夜裡很靜，他們開了一點點音樂，桌上有酒，還有一些拆開的禮物盒。

在樓梯口能看到，徐雲妮坐在地毯上，靠在沙發邊，時訣則側躺在沙發上，正在她的頭上弄著什麼。

吳月祁隱隱聽到他們說話。

「宣發是外包的，品味就是不行。」

「呵呵。」

「下次我們辦公室不用這人了。」

「妳就嘴上說吧……」

幻覺似的對話，若有似無地傳來。

吳月祁往洗手間走了一步，拖鞋踩出了點聲音。

她上了廁所，洗手的時候，徐雲妮也來了。

「媽，我們吵醒妳了？」

雖然一棟大別墅裡，只住著他們三人，現在都醒著，徐雲妮還是用了很低的聲音，像怕擾了夜一般。

「沒有。」吳月祁聞到酒味，徐雲妮的臉泛著淺醉的紅暈，雙眼流光。

徐雲妮笑著說：「我們會小聲點的。」

哪有什麼深沉的樣子，吳月祁最終還是回歸了最初的想法，就是兩個單純的小孩罷了。

徐雲妮走出洗手間，下樓的時候，吳月祁忽然說：「很好看。」

徐雲妮在樓梯上回眸，她摸摸頭髮，說：「他買的。」

那是一條白色的，復古風格的水鑽流蘇頭紗。

「……蝴蝶。」

「嗯？」

「像蝴蝶。」

徐雲妮細細的手指撚著紗邊，輕聲說：「他挑的東西都好看。」

「少喝一點酒。」

「嗯，就這一天，媽，晚安。」

徐雲妮下了樓，迫不及待去找沙發上的時訣玩，頭紗輕盈舞動在月光中。

吳月祁打了個哈欠，有點希望今晚能夢到故交，說幾句安心話。

——《霓虹星的軌跡》番外完——

——《霓虹星的軌跡》全文完——

高寶書版集團
gobooks.com.tw

YH 193
霓虹星的軌跡（下）

作　　者　Twentine
責任編輯　吳培禎
封面繪圖　Xuan Qin
封面設計　張新御
內頁排版　賴姵均
企　　劃　何嘉雯

發 行 人　朱凱蕾
出　　版　英屬維京群島商高寶國際有限公司台灣分公司
　　　　　Global Group Holdings, Ltd.
地　　址　台北市內湖區洲子街88號3樓
網　　址　gobooks.com.tw
電　　話　(02) 27992788
電　　郵　readers@gobooks.com.tw（讀者服務部）
傳　　真　出版部(02) 27990909　行銷部 (02) 27993088
郵政劃撥　19394552
戶　　名　英屬維京群島商高寶國際有限公司台灣分公司
發　　行　英屬維京群島商高寶國際有限公司台灣分公司
法律顧問　永然聯合法律事務所
初版日期　2025年03月

原著書名：《霓虹星的軌跡》由北京晉江原創網絡科技有限公司授權出版。

國家圖書館出版品預行編目(CIP)資料

霓虹星的軌跡 / Twentine著. -- 初版. -- 臺北市
: 英屬維京群島商高寶國際有限公司臺灣分公司,
2025.03
　冊；　公分. --

ISBN 978-9626-402-216-3(上冊：平裝). --
ISBN 978-626-402-217-0(中冊：平裝). --
ISBN 978-626-402-218-7(下冊：平裝). --
ISBN 978-626-402-219-4(全套：平裝)

857.7　　114002846